Foto: Henning Boetius

Christa Hein wurde 1955 in Cuxhaven geboren. Sie studierte Literaturwissenschaft in Kiel. Von 1982 bis 1990 lebte sie in den USA und unterrichtete an der Indiana University in Bloomington. Seit 1991 lebt sie als freie Autorin und Übersetzerin in Frankfurt am Main. Sie veröffentlichte Erzählungen in Rundfunk, Zeitschriften und Anthologien (u.a. in ›Wilde Weiber GmbH‹, herausgegeben von Pieke Biermann, Fischer Taschenbuch Bd. 11586).

Quicksand: Auf den Nordseeinseln beginnt gerade der Kurbetrieb, als Jo, Amerikanerin und seit kurzem Professorin für deutsche Literatur und Landeskunde an einem College in Virginia, in Hamburg ankommt. Sie hat vor, ihren Urlaub an der Küste mit der Erforschung einheimischer Sagen und Legenden zu verbinden.
Kurz nachdem sie ihr Zelt auf der Watteninsel Neuwerk aufgeschlagen hat, deren siebenhundert Jahre alter Turm und »Friedhof der Namenlosen« sie besonders faszinieren, wird sie in sonderbare Vorgänge hineingezogen. Unterstützt vom Vogelwart der Insel Scharhörn, entdeckt sie, daß Tote im Watt zwar keine Seltenheit sind, aber daß nicht jede Leiche ein Opfer des Meeres sein muß.
Die Legenden, denen Jo nachspürt, gewinnen für sie in der weiten Landschaft des Wattenmeers mit ihren Täuschungen und Spiegelungen plötzlich eine bedrohliche Realität.

Christa Hein
Quicksand

Roman

Fischer Taschenbuch Verlag

Alle im Buch erwähnten Personen sind frei erfunden. Eine Ähnlichkeit mit lebenden Personen wäre rein zufällig. Die Autorin ist im übrigen in verschiedenen Punkten anderer Meinung als Jo. So hat sie die Neuwerker als liebenswürdige Menschen kennengelernt. Aber jeder macht seine eigenen Erfahrungen...

Quicksand: Lockerer, nasser Sand, der jedem Druck leicht nachgibt und somit jedes schwere Objekt verschluckt, wie zum Beispiel einen Menschen, ein Schiff etc.
Figurative Bedeutung: Dinge (seltener: Personen) mit nachgiebigem trügerischem Charakter.

Definition nach dem *Oxford English Dictionary*

Originalausgabe
Veröffentlicht im Fischer Taschenbuch Verlag GmbH,
Frankfurt am Main, Februar 1994

Umschlaggestaltung: Manfred Walch, Frankfurt am Main
Gesamtherstellung: Clausen & Bosse, Leck
Printed in Germany
ISBN 3-596-11938-3

Gedruckt auf chlor- und säurefreiem Papier

1

»Wir müssen noch etwa zwanzig Minuten in der Luft bleiben«, sagte die Stimme im Lautsprecher. Jo sah aus dem kleinen ovalen Fenster. Morgendunst lag milchig über der Küste, eine noch blasse Sonne schien von oben auf die Dunstschwaden.

Es mußte Ebbe sein. Weit zogen sich die hellen Wattflächen ins Meer hinaus. Darin sich verästelnde Wasseradern, die Priele; ähnlich den großen Flüssen in Amerika, über die sie noch vor Stunden geflogen war. Keine der Inseln, die sie besuchen wollte, war von hier aus zu sehen.

Sie nahm noch einmal ihre Notizen hervor. Die Karte von der Küste South Carolinas. Pawley's Island. Hier war sie zum ersten Mal auf die Legende vom »Grey Man« gestoßen. Einer Gestalt, von der es hieß, sie tauche immer dann an den Stränden auf, wenn ein Hurrikan im Anzug war. Solche Stürme konnten ganze Häuser in die Luft heben. Wohnzimmer mit erleuchteten Kristalllüstern durch den Himmel wirbeln lassen. Wenn sie den Grauen Mann gesehen hatten, zogen die Küstenbewohner aus ihren Häusern ins Binnenland um, bis alles vorbei war.

Sie packte auch die Karte vom Wattengebiet an der Elbmündung aus, mit den Inseln Trischen, Scharhörn, Neuwerk. Auch hier sollte es eine solche Legende geben. The Grey Man und der Graue Mann. 6000 Meilen Atlantik dazwischen.

»Was haben Sie in Hamburg vor?« Ihr Nachbar war aufgewacht. Gleich nach dem Abflug in Chicago hatte er sich eine schwarze Schlafmaske aufs Gesicht gesetzt und war in Träume versunken. Jetzt schien er sehr munter.

»Vorbereitungen für mein Landeskundeseminar«, antwortete sie. »Ich unterrichte Deutsche Literatur und Landeskunde an einem College in Virginia.«

Ihr Deutsch war gut, aber ein wenig zu glatt. Auch das war einer der Gründe für ihre Reise.

»Sie sprechen erstaunlich gut, wirklich akzentfrei«, sagte der Mann neben ihr.

Genau das ist es, was mich ärgert, dachte Jo.

Sie hangelte nach ihren Schuhen und setzte sich aufrecht hin, um Reißverschluß und Knopf ihrer Jeans zuzumachen. Jeans waren für diese langen Reisen denkbar unbequem. Jedesmal nahm sie sich vor, auf dem nächsten Flug ein Kleid zu tragen.

Sie räumte ihre Sachen zusammen, ihre Brille, das in helle chinesische Seide gebundene Notizbuch, das sie extra für diese Reise gekauft hatte; die Bordzeitung mit der Adresse der Redaktion, der sie ihren Artikel über die Inseln auch schicken wollte, und das Buch mit Geschichten von der Nordseeküste. Eine Erzählung darin handelte von Neuwerk. Während der Kontinentalsperre war die Insel Zentrum ausgedehnten Schmuggels mit englischen Waren – Tee, Stoffen und Jamaika-Rum – gewesen; sie lag der damals noch britischen Insel Helgoland am nächsten. Wegen Schleichhandels und Spionage hatte ein französischer Offizier mit vierzig Dragonern die Insel besetzt und sie binnen vier Tagen von allen dreiunddreißig Bewohnern und ihrem Vieh räumen lassen.

Die Stewardeß kam ein letztes Mal vorbei. »Bitte stellen Sie Ihre Sitzlehnen aufrecht«, bat sie. Jo gab ihr die Plastiktasse zurück, die nach schlechtem Kaffee roch, und die zerknüllte Tüte »cholesterol-free peanuts«. Wenigstens hatte sie in Heathrow ein gutes Frühstück gehabt. Da ihre Vorbestellung für ein vegetarisches Gericht offenbar verlorengegangen war, bekam sie einen Scheck über fünf englische Pfund. Damit war sie zum Frühstücksbuffet gegangen. Vegetarierin war sie eigentlich nicht, aber das normale Essen im Flugzeug war furchtbar. Sie versuchte, weniger Fleisch zu essen, aber nicht unbedingt aus Prinzip. Ralph hatte ihr zum Abschied ein Steak gegrillt. Dazu hatte es die ersten frischen Maiskolben gegeben und kalifornischen Rotwein. »So was bekommst du doch nicht in Deutschland!« hatte er gesagt.

Der Abschied von Ralph war schwierig gewesen. Beide hatten in den vergangenen Monaten das Gefühl gehabt, daß sich zwischen ihnen etwas verändern müßte. Es war ihr Vorschlag gewesen, sich auf ein paar Monate zu trennen.

Die Maschine neigte sich jetzt, das Land draußen vor den Fenstern verrutschte. Schräge Felder auf einer Wolldecke. Sie hatten endlich Landeerlaubnis.

Es regnete erwartungsgemäß, als sie am Flughafen in den Bus einstieg. Genau, wie man es ihr prophezeit hatte. Du fährst also in das Land des ewigen November, hatte Ralph gemeint.

Sie sah aus dem Busfenster mit den schrägen Wasserstreifen. Menschen mit aufgespannten Schirmen hasteten vorbei. An den Mietshauswänden leckten schwarze Regenzungen herab. Noch war alles kahl. In Virginia hatten schon vor zwei Monaten die Bäume geblüht – Magnolien, Kamelien und Kirschen.

Sie stieg am Bahnhof aus und suchte die Treppen zur U-Bahn, die sie zum Hafen bringen sollte. Sie trat in Hundekot. »Damn«, fluchte sie leise vor sich hin. »This is disgusting.« In Amerika hieß es doch immer, Deutschland sei so sauber. Drüben beseitigten die Hundebesitzer die Häufchen wenigstens sofort.

»Hello, beautiful young lady«, sagte plötzlich jemand neben ihr mit einem starken Akzent. Sie drehte sich um und stand einem kleinen, gedrungenen Mann gegenüber. Er hatte einen Lodenmantel an, die Hände in den Taschen vergraben.

O nein, dachte Jo, das fehlt mir grad noch.

»Hau ab«, sagte sie in ihrem besten Umgangsdeutsch und ging fort. Er kam ihr nicht hinterher. Wieso hatte dieser Kerl ihre Nationalität erkannt?

Es hörte auf zu regnen, als sie am Hafen ankam. Ein starker Wind trieb die Wolken auseinander, Wellen blitzten in der Sonne auf.

Jo fragte eine junge Frau nach dem Schiff. Sie zeigte auf einen großen weißen Dampfer hinten an den Landungsbrücken.

»Hier, nehmen Sie dies zu lesen mit.« Die Frau hielt ihr ein orangefarbenes Flugblatt hin. »Es geht um den Ausbau des Hamburger Hafens.« Jo steckte es ein und lief los. Sie hatte gerade noch Zeit, ein Mineralwasser zu kaufen.

Die Beine auf die Reling gelegt, eine Wolldecke über den Knien, saß sie auf dem Oberdeck, als hätte sie eine Ozeanfahrt vor sich. Vor ihr der Hafen, die Docks, die Kräne. Schlepper kreuzten das Wasser, eine Barkasse legte ab zu einer Hafenrundfahrt.

Sie holte sich ihren Wollpullover von L. L. Bean aus dem Rucksack. Es war kalt hier oben. Aber unter Deck stank es ihr zu sehr nach Bier und Zigarettenrauch.

Die Schiffssirene dröhnte, dreimal laut und tief. Das Zeichen für Rückwärtsfahren galt offenbar auch hier. Auf dem Kai lösten Männer die Trossen von den Pollern. Der Spalt zwischen Kaimauer und Schiffswand begann sich zu vergrößern.

Eine ungeheure Vorfreude auf die nächsten Tage überkam sie plötzlich.

Sie fuhren die Elbe hinab, vorbei an den Hügeln von Blankenese mit den teuren Villen. Dort hatten die Großeltern gelebt, bevor sie Anfang der dreißiger Jahre in die USA auswanderten. Grandma Annchen als junges Mädchen im weißen Kleid, an der Promenade von Blankenese flanierend.

Das erste Mal war Jo als Kind in Deutschland gewesen. Eine ihrer wenigen Erinnerungen: die hohen dunklen Räume eines alten Hauses. Große Spiegel, geheimnisvolle Ecken. Der Raum, auf dessen Parkettfußboden sie mit ihren Lackschuhen ausrutschte. In einem Mahagonyschrank hatte sie ein violettes Samtkleid gefunden, mit Pailletten besetzt, einen schwarzen Hut mit Pfauenfedern, schwarze, elegante Handschuhe, die bis zum Ellbogen reichten. Sie hatte nicht widerstehen können und die Sachen übergezogen, die ihr natürlich viel zu groß waren. Als sie sich im Spiegel begegnete, hatte sie es mit der Angst bekommen: Eine Fremde starrte sie an. Gar nicht schnell genug konnte sie alles wieder abstreifen.

Sie war eingenickt und wachte auf, als jemand direkt neben ihr einen Liegestuhl aufstellte. Im ersten Moment wußte sie nicht, wo sie war. Aber jedenfalls nicht in den Staaten. Dort würde niemand auf die Idee kommen, ihr so nah auf die Pelle zu rücken.

Der Fluß hatte sich geweitet, am südlichen Ufer kamen silbrig glänzende Bauten von Industrieanlagen in Sicht. Ein Atommeiler, mehrere hohe Schlote. Sie angelte nach ihrem Rucksack mit dem Fernglas. Die kleinen schwarzen Plastikhüllen vor den Gläsern nahm sie vorsichtig ab und legte sie in den Kasten zurück. Das hatte sie noch nie getan. Ralph machte es immer so bei seinem Glas, sie hatte sich oft darüber mokiert. DOW Chemical, las sie, Alu Swiss, ICI.

»Entschuldigen Sie, haben Sie Feuer?« Die Frau im Liegestuhl nebenan hielt eine Zigarette zwischen ihren langen Fingern mit den rotlackierten Nägeln und lächelte sie über das Gestell ihrer Sonnenbrille hin an.

Impertinent, dachte Jo, jetzt wird sie mir im Abstand von einem Meter auch noch den Rauch ins Gesicht blasen.

»Sorry, ich bin Nichtraucherin.«

Die Dame seufzte gequält auf. Aus der Wolldecke sahen nur ihre nackten, braungebrannten Füße hervor, die sie auf die Reling gelegt hatte. Um die Fessel trug sie ein goldenes Kettchen mit einer Muschel aus Elfenbein daran.

Ein junger Mann kam vorbei. Die Dame schälte sich aus der Decke und streckte die Hand mit der Zigarette nach vorn.

Der Mann holte ein Feuerzeug aus seiner Hosentasche. Sie schnippte mit dem Daumen, eine unmißverständliche Geste, aber er gab ihr das Feuerzeug in die Hand. Sie schien enttäuscht. Dreimal ließ sie den Deckel aufspringen, ehe die Zigarette brannte.

Jo erhob sich und ging auf die andere Seite des Schiffes. Hier lag alles im Schatten, und der Wind war kalt. Hier würde niemand sie stören.

Im Fernglas tauchte eine Insel auf. Ein flacher, gewölbter Streifen. Sie sah auf ihre Karte.

»Das ist die Insel Krautsand.« Es war also doch jemand da. »Früher mal Bombenabwurfplatz für die Tommies, heute Vogelschutzgebiet.«

»Auf der Karte ist die Insel viel größer eingezeichnet«, sagte Jo.

»Sie wird von Jahr zu Jahr kleiner. Bei jedem Sturm reißt ein Stück ab. Es liegt daran, daß die Elbe immer wieder ausgebaggert wird.«

»Ausgebaggert.« Sie wiederholte das Wort, weil ihr der Klang gefiel. Ihr Nachbar schien es als Frage zu verstehen.

»Wegen des Hamburger Hafens. Die Schiffahrtsrinne versandet. Hamburg will einen Megaport, und auch die Supercontainer müssen die hundert Kilometer landeinwärts fahren können. Die Ausbaggerung verändert natürlich die Strömungsverhältnisse.«

»Wäre es nicht sinnvoller, einen Hafen direkt an der Mündung zu haben?«

Der Mann lachte kurz auf. »Logik, mein Fräulein, ist Luxus, wenn es um viel Geld geht. Der Hafen bringt der Stadt Milliarden.«

Er tippte wie zum Abschied an seine Sonnenbrille und ging. Es war Jo mehr als recht. Bei aller Vorfreude war sie hundemüde. Der Jet-lag würde ihr noch eine Weile zu schaffen machen.

2

Der Umriß eines riesigen Vogels stand vor der Glasscheibe des Fensters. Dunkelviolett. Ein Rabe, der zu unerhörtem Ausmaß angeschwollen war. ›Komm mit‹, krächzte er und pochte mit seinem harten Schnabel gegen das Glas. ›Hier wird sich niemand an dich erinnern. Komm mit!‹ Er stieß sich vom Fensterbrett ab, flog riesengroß wie ein Schatten gegen die Nacht davon. ›Erinnerung und Gedanke, Erinnerung und Gedanke‹, rief er. Dann war alles still.

Sie ging aus dem Raum mit dem großen Fenster in einen anderen, dessen Wände sich bei jedem ihrer Schritte von ihr fortbewegten. Die Konturen des leeren Zimmers lösten sich auf, verschwammen in undeutlichen Wellen und waren plötzlich verschwunden. Sie konnte nicht erkennen, ob sie stand oder flog. Sie fühlte sich wie in einer Wolke. Für einen kurzen Moment riß das neblige Licht auf, und sie sah den violetten Vogel weit unter sich fliegen. Im selben Moment begann sie zu fallen, tiefer und tiefer, in sausendem Tempo.

»Na, gut geschlafen?« Eine Frauenstimme kam vom anderen Ende des Zimmers. Jo hatte die Hände am Bettlaken festgekrallt und versuchte, dem Fallen des Bettes Einhalt zu gebieten. Eine dunkle Silhouette stand vor dem Fenster.

»Ich habe Sie geweckt, wie Sie es wünschten«, sagte die Zimmerwirtin und ließ die Jalousie am Fenster in die Höhe schnellen. Grelles Licht fiel in den Raum. »Wollen Sie eine Tasse Kaffee?«

»That would be great.« Jo betrachtete die lila Blümchen im Tapetenmuster. Sie bissen sich mit den orangefarbenen und giftgrünen Blümchen auf dem Frotteebettzeug. Über dem Bett hingen Fotografien von Pferden. Auf einer war ein Rappe zu sehen. Davor ein Mann und eine Frau. Es schien die Wirtin zu sein.

Erinnerung und Gedanke, dachte sie. Es waren die Eigenschaften der zwei Raben, die der nordische Gott Odin mit sich führte. Die Raben hießen Hugin und Munin. Odin, Gott der Winde, der seine Anhänger durch die Lüfte führte. Totengott und Schöpfer der Dichtkunst, der Menschenopfer verlangte.

Jo suchte in ihrem Rucksack nach ihrem Buch über nordische Mythen und Göttergestalten. Auf dem Einband ein alter Druck, wie Odin auf seinem schwarzen Roß durch die Lüfte reitet, die Raben auf seinen Schultern.

»Wovon haben Sie geträumt?« fragte die Wirtin, als könnte sie Gedanken lesen. Sie stellte eine Kaffeetasse auf das weiße Tischtuch, daneben einen Teller mit Schwarzbrot, Schinken, Marmelade und etwas Butter.

»Von Odin, dem Gott der Winde«, sagte sie, als die Frau schon im Gehen war. Sie drehte sich in der Tür noch einmal um.

»Den müssen Sie sich merken. Es ist nämlich von Bedeutung, was man die erste Nacht in einem fremden Land träumt. Bei uns auf der Insel glaubt man, daß solche Träume in Erfüllung gehen.«

»Kommen Sie denn von Neuwerk?«

»Ja sicher«, sagte sie, als müßte man ihr ihre Herkunft ansehen. »Ich habe aufs Festland geheiratet. Aber mein Mann ist früh gestorben.« Sie seufzte. »Beim Pferderennen tödlich verunglückt.«

Der Rappe oben im Foto, dachte Jo.

»Irgendwann werde ich wieder zurückgehen. Von einer Insel kommt man nicht los«, sagte die Wirtin. »Es scheint uns immer, daß wir auf dem Festland ertrinken müßten.«

In dem kleinen Korridor des Reihenhauses schlug eine Uhr. »Elf«, zählte Jo mit. Es wurde Zeit, daß sie mit ihren Vorbereitungen anfing. Morgen früh wollte sie mit dem Kutschwagen nach Neuwerk fahren.

In der Post kaufte sie Briefmarken und Postkarten. Dann betrat sie eine Telefonzelle. Noch einmal mit Ralph sprechen, seine Stimme hören. Auf einmal hatte sie Sehnsucht nach ihm. Sie hatte sich alles leichter vorgestellt.

Sie hielt den Hörer in der Hand und zögerte zu wählen. Ihr Gesicht spiegelte sich in der Scheibe. Es kam ihr fremd vor mit den kurzen, blonden Haaren, dem Seitenscheitel. Sie hatte sich die langen Haare direkt vor ihrer Abreise abschneiden lassen. Es stand ihr, fand sie. Ralph war anderer Meinung gewesen.

Sie wählte die dreizehnstellige Nummer wie in Trance und las dabei die Schriftzeichen an den Gebäuden: Pressehaus, Buchhandlung, Karstadt. Lange Zeit kam nichts bis auf ein Rauschen in der Muschel. Das Rauschen des Atlantiks, dachte Jo. Sie konnte die Hunderte von Meilen Ozean wieder unter sich sehen; Stunden nichts als Wasser, ab und zu das spitzwinklige Dreieck der Bugwelle eines Schiffes.

Sie war fast überrascht, als das amerikanische Klingelzeichen ertönte, ein doppeltes Schrillen. Sechsmal, siebenmal – dann wurde der Hörer abgenommen. Seine Stimme klang verblüffend nah.

»Hello, Ralph. It's good to hear your voice.« Sie konnte den Widerhall ihrer Worte hören.

»Hello«, rief sie in den Apparat. Es kam nur ein Echo zurück. »Kannst du mich verstehen?«

Dann seine Stimme, langsam und verschlafen. »Du bist also gelandet. Wie spät ist es denn jetzt bei dir?« Sie sah auf die Uhr. »Halb zwölf.«

»Hier ist es halb fünf Uhr morgens. Du hast Glück, daß ich das Telefon überhaupt gehört habe.«

Natürlich, die sieben Stunden Zeitunterschied hatte sie vergessen. »Ich wollte dich nicht wecken, entschuldige bitte.« Er reagierte mit einer Art Grunzen, das sie gut von ihm kannte.

»Du hast Post gekriegt. Hast du schon eine Adresse, wohin ich sie dir nachschicken soll?«

»Ich vermiss dich«, sagte sie in das Rauschen der Leitung.

»Ich tröste mich mit den Münzen, die du mir wieder einmal im Bett hinterlassen hast. Your famous pockets.«

Er hatte sich oft über ihre Hosentaschen lustig gemacht. Weil sie fast jeden Tag Kleingeld daraus verlor, nannte er sie Sterntaler.

»Vergiß nicht, nächste Woche bin ich auf der Konferenz in Tallahassee.«

»Was hast du an?« fragte sie.

»Nichts, deshalb ist mir ja...«

Das letzte Fünfmarkstück war durchgefallen, das Gespräch zu Ende.

Auf der Straße rasten die Autos vorbei, es stank und war quälend laut. Was wollte sie eigentlich hier? Ihr war auf einmal traurig zumute, und sie setzte sich auf eine Bank gegenüber im Park. Sofort kam eine Schar Enten angeschnattert, gewohnt, daß man sie fütterte.

»Immer hast du deinen Dickkopf durchsetzen müssen, Jo«, sagte sie halblaut zu sich selbst. »Nun mach auch was draus.«

Sie erhob sich und ging quer über den Platz zurück. In dem Buchgeschäft, das sie von der Zelle aus gesehen hatte, kaufte sie sich eine Karte von Neuwerk und zwei Krimis.

Sie war immer noch müde und betrat ein Café. In dem dunklen, holzgetäfelten Raum saßen nur wenige Leute. Zwei Frauen sahen zu ihr herüber, sie trugen die gleiche gedrehte, vielfach geschlungene Perlenkette. Sonst nur noch eine Familie: Vater, Mutter, Sohn. Der Junge war der Mutter wie aus dem Gesicht geschnitten. Keiner der drei sprach, die Frau rauchte, zündete sich sofort eine neue Zigarette an, wenn sie eine ausgedrückt hatte.

Jo holte sich eine der Zeitungen, die an den Garderobenständern hingen. ›*Wie Hamburg mit Pfunden aus der Seeräuberzeit wuchert*‹, lautete eine der Schlagzeilen.

Wieso immer noch Seeräuberzeit? dachte sie. Sie rührte den Kaffee um, bis er kalt war, und las mit wachsender Neugier.

Die Hanseaten erlauben den Ausbau des ihnen gehörenden Amerikahafens in Cuxhaven – im Gegenzug verzichtet Hannover auf seinen geplanten Containerterminal mit Überseediensten an der Elbmündung und überläßt Hamburg dies Geschäft.

Daß die Elbmetropole dabei überhaupt mitzureden hat, ist ein Relikt aus der Seeräuberzeit, als Piraten wie Klaus Störtebeker und seine Vitalienbrüder die Flußmündung kontrollierten und die Hanse-Koggen überfielen. Um ihnen Paroli bieten zu können, bauten die Hanseaten vor 700 Jahren den gewaltigen Leucht- und Wehrturm auf der Insel Neuwerk. Heute noch gehören der Amerikahafen und Neuwerk zu Hamburg.

Jo trank die Tasse mit kaltem Kaffee in einem Zug leer. Sie zahlte und ging zur Pension zurück. Es war plötzlich schönes Wetter, kühl und sonnig. Seeräuberzeit, dachte sie. Es klingt wie ein Versprechen.

3

Der Mann schwang die Peitsche und trieb die Pferde an wie im Wilden Westen. Die beiden schweren Ackergäule liefen los, den Strand hinab aufs Watt hinaus.

Es war ein ungemütlicher Tag für Mitte Mai. Dunkelgraue Wolken, niedriger Himmel. Die Luft diesig, die Insel noch überhaupt nicht zu sehen. Man konnte meinen, sie existiere nicht. Elf Kilometer betrug die Entfernung vom Festland aus, hatte sie gelesen. Hoffentlich fing es nicht wieder an zu regnen.

Ihr Gepäck – Rucksack, Zelt, Schlafsack und Kochgeschirr – lag im hintern Teil des Wagens neben der Inselpost. Sie saß, in eine dicke Wolldecke gehüllt, vorn auf dem Kutschbock neben diesem finsteren Mann, der sich mit »Möbius« vorgestellt hatte. Er trug eine schwere, dunkle Lederjacke und eine Wollmütze. Beim Einladen ihrer Sachen hatte er kein Wort gesagt.

»Wie kalt wird es hier nachts?« fragte sie, um eine Unterhaltung in Gang zu bringen.

»Kann noch mal unter Null gehen.«

Gestern war das Thermometer auf zehn Grad gestiegen. Celsius natürlich. Das hieß in Fahrenheit, 10 mal 9 durch fünf, plus 32. Also etwa fünfzig Grad. Sie fror noch mehr.

Zu Hause ist jetzt schon Sommer, dachte sie. Schwer, sich Shorts und leichte Kleider vorzustellen. Ob es hier je richtig Sommer wird?

Ein schwarzer, wolliger Hund, der unter der Bank lag, wachte auf und gähnte. Er richtete seine blutunterlaufenen Augen auf Jo.

»Waren Sie schon in Amerika?« Möbius schüttelte den Kopf. Auch der Hund schüttelte seinen Kopf.

Sie waren bisher parallel zur Küste gefahren, bogen nun nach Nordwesten ab und folgten Markierungen im Watt. Wie Hexenbesen steckten Reisigbündel im Sand.

»Kommen viele Leute auf die Insel?«

»Wie man's nimmt.«

Möbius spuckte aus und schob seine kalte Pfeife von einem Mundwinkel in den anderen. »Wer daran verdient, dem kann's nicht genug sein; wer seine Ruhe haben will, dem sind's zuviel.« Es war wohl ein langer Satz für seine Verhältnisse.

Die diesige Luft vor ihnen gerann zu einem dunklen Fleck. Im nächsten Augenblick tauchten Reiter und Pferdewagen auf. Sie folgten den Kurven und Windungen des abgesteckten Pfades. Als sie näher kamen, unterschied Jo vier schwarz gekleidete Reiter und einen Vierspänner, auf dessen Ladefläche eine lange Kiste stand. Die Frau auf dem Bock war ebenfalls schwarz gekleidet. Dahinter folgten zwei Wattwagen, dicht besetzt mit Menschen in schwarzen Capes. Ihre Reglosigkeit stand in groteskem Kontrast zu den wirbelnden, sich im Wasser spiegelnden Pferdebeinen.

»Goodness gracious, what *is* this?«

Sie sah in Möbius verständnisloses Gesicht und merkte, daß sie englisch gesprochen hatte. Sie deutete auf die Kutschen.

»Leichenzug«, sagte er knapp.

Hinter sich hörte sie das Trappeln von Pferdehufen, das Klatschen, wenn sie durch Wasser liefen. Im selben Moment wurden sie von vier ebenfalls schwarz gekleideten Reitern überholt, die vor dem Leichenzug zum Stehen kamen.

Es fand eine Ablösung statt. Die von der Insel zum Geleit Vorangerittenen verabschiedeten sich mit einem Gruß von dem Toten im Sarg und wichen zur Seite. An ihre Stelle setzen sich die vier Reiter vom Festland und führten den Zug an, der Richtung Küste weiterzog.

Möbius wartete, daß sie den schmalen Weg freigaben. Als der letzte Wagen auf Höhe seines Gespanns war, beugte sich eine der Frauen heraus:

»Möbius, sei so gut und bring mir morgen mein Paket von der Post mit.« Sie wühlte in ihrem schwarzen Cape und zog einen rosafarbenen Zettel hervor. »Hier ist die Benachrichtigung. Die Vollmacht für dich hab' ich unterschrieben.«

Kaum waren sie vorüber, schwoll eine Art heulender Gesang an, dann verstummte der Chor der Klageweiber, und wenige Minuten später war alles im Dunst verschwunden wie ein Spuk.

Sie wartete immer noch auf seine Erklärungen, aber er schwieg.

»Warum diese Übergabe mitten im Watt?« Möbius ließ sich Zeit mit der Antwort. Er stopfte sich umständlich die Pfeife, zündete sie an, sog daran.

»Alter Aberglaube. Die Toten müssen aufs Festland zurück. Auf der Insel finden die Seelen keine Ruhe. Deshalb gibt es da keine Kirche, keinen Friedhof. Nur einen Friedhof für die Namenlosen.«

»Es waren fast alles Frauen. Wissen Sie, wer gestorben ist?«

»Natürlich. Bruns Tochter. Keine sechzehn Jahre alt.«

»Wie ist das passiert?«

»Hat mit Touristen gefeiert; die haben sie besoffen gemacht, nachts sind sie alle raus ins Watt. Hat sich den Fuß verstaucht, keiner hat gemerkt, daß sie fehlte. Der blanke Hans hat sie dann geholt.«

»Der blanke Hans?«

Möbius sah sie mitleidig an.

Jo kramte ihr Notizbuch aus der Jackentasche.

»Werden alle Toten auf diese Weise bestattet?«

»Die meisten sterben im Krankenhaus.«

Sie hätte gern noch mehr gefragt, aber sein Schweigen schien jetzt so abweisend, daß sie es unterließ.

Die Insel tauchte auf. Ein großer Schatten zuerst. Dann erkannte sie Einzelheiten. Den massigen Turm. Auf dem Deich weideten Schafe. Ihre Silhouetten wirkten groß vor den Giebeln der wenigen Bauernhäuser dahinter.

Der Wagen kroch eine Rampe empor, ratterte dann über Kopfsteinpflaster in Richtung Turm. Jo bemerkte flüchtig ein Schild mit einem rot-weißen Stadtwappen. »Hamburger Staatsgebiet«. Dann hielten sie. Jo glitt vom Bock herab, holte ihren Rucksack und die Tasche von der Ladefläche. Der Hund sprang auf den leeren Sitz. Möbius fuhr davon, schwenkte einmal die Peitsche über sich wie zum Abschied.

Sie blickte sich um. Sie stand auf einem rechteckigen Platz. Seine hintere Schmalseite nahm der Turm ein. Aus der Nähe hatten seine verwitterten Backsteinmauern etwas Bedrückendes. »Turmschenke« stand auf dem Schild an der massiven Holztür. Darüber an der Mauer aus Eisen geschmiedete Ziffern: 1297, ein Datum, das einem in Amerika nie begegnete!

Die rechte Seite des Platzes wurde von einem langgestreckten Gasthofgebäude begrenzt, das gleichzeitig eine Art Kaufmannsladen zu sein schien, mit Underberg- und Eisreklameschildern an der Mauer. Auf der linken Seite ein kleines Fachwerkhaus mit tief heruntergezogenem Strohdach. »Umweltzentrum« stand über der Tür, Vogelplakate hingen in den Fenstern. Sie sah durch die Scheiben. Ausgestopfte Möwen, ein künstlicher Strand mit Plastiktüten, Bierdosen und Müll aller Art als Dekoration. Sie probierte die Tür aus. Sie war verschlossen.

4

Sie hatte sich vorgenommen zu zelten. Aus allen Geschichten über die Küste ging hervor, daß das Wetter eine Hauptrolle im Leben hier spielte. Stürme, Sturmfluten, Nebel – vom Wetter würde sie im Zelt mehr mitbekommen.

Der Campingplatz war eine kleine, feuchte Wiese – auf der einen Seite grenzte sie an den Deich, auf der anderen an einen Bauernhof – mit zwei unansehnlichen Wohnwagen darauf, die schon länger dort zu stehen schienen. Unter ein paar krüppeligen Bäumen auf einer Weide grasten Pferde. Sie stellte ihren Rucksack ab. Eine Rezeption gab es nicht. Wahrscheinlich mußte sie sich im Hof drüben melden.

Jo drückte auf die Klinke einer geriffelten Glastür und gelangte in einen dunklen, muffig riechenden Flur. Ein großes Holzregal stand an der Wand, voll mit Gummistiefeln, großen und kleinen Paaren.

Von irgendwoher hörte sie Stimmen. Sie betrat einen weiteren kleinen Flur mit Schildern an den Türen: Frühstücksraum, Privat, Küche. Die Stimmen kamen aus der Küche. Obwohl sie mehrmals klopfte, tat sich nichts. Sie nahm allen Mut zusammen und öffnete. Eine Gruppe von Leuten saß um einen runden Tisch. Alle starrten sie an. Es war plötzlich totenstill in dem von Tabaksqualm und Groggeruch erfüllten Raum. Es war, als machten sie die vielen auf sie gerichteten Augen blind.

»Kann ich mein Zelt auf den Platz stellen?«

Eine junge, stämmige Frau erhob sich, ging wortlos an den Küchenschrank und holte ein schwarzes Notizbuch heraus. Sie war die einzige Frau in der Küche. Während Jo ihr Namen und Adresse angab, standen die Männer vom Tisch auf, drückten ihre Zigaretten aus und verließen den Raum durch eine andere Tür. Der letzte blickte sich noch einmal nach ihr um.

»Suchen Sie sich einen Platz aus. Waschgelegenheit ist hinten am Haus, auch die Toilette.« Sie gab ihr einen Schlüssel.

»Für den bekomme ich zehn Mark als Pfand.«

Jo gab ihr das Geld, das die Frau in ihre Rocktasche steckte.

»Noch was?«

Jo schüttelte den Kopf. Es war nicht gerade ein freundlicher Empfang.

Doch als sie auf den Deich hinaufstieg, hob sich ihre Stimmung wieder; der Blick war überwältigend. Direkt vor ihr lag das Vorland mit Prielen und Hunderten von Vögeln. Austernfischer, Brandenten und Kiebitze, ihre Lieblingsvögel.

Sie baute ihr Zelt auf. Mit Ralph hatte sie es ausprobiert, eine Woche lang waren sie deshalb an der Küste von South Carolina unterwegs gewesen.

Innerhalb weniger Minuten stand es. Jetzt noch die zusätzliche Abspannung, denn ohne Sturmsicherung zu zelten konnte man sich hier wohl nicht leisten. Selbst heute, wo »normaler« Wind wehte, kam es ihr stürmisch vor. Sie warf Liegematte und Daunenschlafsack hinein und kroch hinterher. Es war ungewohnt, so allein zu sein. Es wäre schön, wenn Ralph jetzt da wäre.

Sie machte sich einen Tee. Das war immer der Einstand, wenn sie irgendwohin zog; danach fühlte sie sich jedesmal ein bißchen heimischer.

»Hallo, ist hier jemand?« Die Stimme eines Mannes, der unmittelbar vor ihrem Zelt stehen mußte. Jo erschrak. Sie war gerade dabei, sich umzuziehen, und saß mit nacktem Oberkörper im Zelt. Hastig streifte sie sich einen Pullover über.

»Ja, Moment, ich komme.«

Sie konnte kaum hinauskriechen, ohne gegen den großgewachsenen jungen Mann zu stoßen, so dicht hatte er sich vor dem Zelt postiert.

»Ich bin Ihr Nachbar.« Er hielt ihr eine große Hand hin.

Jo war selbst nicht gerade klein, aber jetzt mußte sie den Kopf heben. Er hatte schwarze, fettige, nach hinten gekämmte Haare und ein blasses, pickliges Gesicht, Augen hinter dicken Brillengläsern. Er schien sie zu mustern, dabei hatte sie den Eindruck, daß er sich nicht traute, sie direkt anzublicken. Unwillkürlich sah sie an sich hinunter.

»Ich arbeite nebenan, wollte sehen, ob Sie etwas brauchen. Alldieweil ich von meiner Geschichte her weiß, daß es manchmal problematisch ist, sich zu versorgen.«

Jo zögerte. Dieser Mensch war ihr auf Anhieb unangenehm. Von seiner körperlichen Erscheinung ging eine Saugkraft aus, wie sie sie bei sehr labilen Menschen oft erlebt hatte. Jemand, der alles in seiner Umgebung am liebsten anfassen würde, nur um sich der eigenen Existenz zu versichern.

»Danke. Das ist nett von Ihnen. Aber ich habe eigentlich alles, was ich brauche. Herr Möbius hat sich meiner schon angenommen«, sagte sie aufs Geratewohl, weil sie das Bedürfnis verspürte, jemanden im Hintergrund zu haben. Dieser Mensch sollte nicht etwa glauben, sie sei völlig auf sich gestellt.

»Ah, Möbius«, sagte er gedehnt und lachte übertrieben in sich hinein. »Sie sind also bekannt mit Leuten von der Insel, na ja, ich vermutete schon. Ich kann sagen, daß es mir eigentlich schon ganz wahrscheinlich vorkam, alldieweil ich aus meiner eigenen Geschichte weiß, daß es wichtig ist, sozusagen gleich Kontakt zu knüpfen, nicht wahr?«

Es war kaum zu glauben. Von der Insel schien er nicht zu stammen.

»Na ja, Sie werden sehen, auch ich bin nicht von hier. Ein Fremder unter Fremden, sozusagen, wie das eben so ist mit manchen, das werden Sie ja wohl auch kennen, nicht wahr? Ich meinte ja bloß, falls Sie etwas brauchen sollten oder ähnliches, da steh ich Ihnen doch gern zu Diensten, denn so bin ich ja gar nicht.«

Du lieber Gott, dachte sie, den mußt du dir vom Leibe halten, Jo. Solche Leute sind wie Kletten.

»Na, wir werden uns sicher näher kennenlernen. Ich heiße übrigens Marcel, ein schöner deutscher Name, nicht wahr, werden Sie da sagen, ich kenn das schon, die Leute wundern sich dann gleich über mich. Mit Verlaub, wie ist der Ihre?«

»Jo. Wo wohnen Sie denn?«

»Ach, das ist auch eine Geschichte.«

Er legte seine Stirn in Sorgenfalten, holte tief Luft und sah aus, als würde er nun zu einer längeren Rede ansetzen.

»Da drüben vielleicht?« unterbrach sie ihn schnell.

»Richtig, richtig«, sagte er und ließ nun die ganze Luft wieder heraus. »Da hab ich erst amal ein Obdach gefunden, weg von der Gass, wie die Hessen sagen, nicht wahr, es ist nicht unbedingt ein Vergnügen um diese Zeit.« Er schien den einen der beiden vergammelten Campingwagen zu meinen.

»Wissen Sie, Sie sollten aber einmal mit mir herüberkommen, freundliche Leute, ja wirklich.«

»Wohin?«

»Zu dem Kinderheim dort drüben, normalerweise ist auch ein Zeltlager dabei, werden Sie gesehen haben, nicht wahr, die kleinen Zelte. Kinder vom Festland kommen zu Besuch hierher in den Ferien, für die bin ich der Hausmeister sozusagen, nicht wahr, für die Kinder aus einem Behindertenheim, alle son bißchen plemplem, wolln wir mal sagen, aber lieb, da können die natürlich auch nichts für, nicht wahr, die Kinder, die Eltern eher, Alkohol und solche Sachen, das kenn ich ja aus meiner Geschichte, nicht wahr.« Jo ertappte sich dabei, Mitleid zu empfinden. Dabei wollte sie diesen Marcel eigentlich nur loswerden.

»Wir haben da auch eine Cafeteria, da können Sie mal mitessen, wenn Sie möchten, das ist sozusagen egal, nicht, wie viele da aus einem Topf sich nehmen, da kommt es nicht auf einen Esser mehr oder weniger an, wenn ich das mal so ausdrücken darf.«

»Danke«, sagte sie. »Ich werde bald einmal kommen. Aber ich habe jetzt zu tun.«

»Na ja, versteht sich. Von nichts kommt nichts, man muß schon was schaffe für sein Brot, nicht wahr. Dann wünsch ich Ihnen aber mal gutes Schaffen, nicht wahr...«

Sie nickte ihm zu und kroch ins Zelt. Hinter ihr ging Marcel in die Hocke, und sie hatte das Gefühl, er würde ihr folgen. Rigoros zog sie den Reißverschluß zu. Zum Glück, er verschwand.

»For God's sake«, sagte sie laut. »Was für eine aufdringliche Hilflosigkeit!«

Zum Abendbrot leerte sie die Schälchen mit Salaten und Feta-Käse, die sie sich noch auf dem Festland gekauft hatte. Dann machte sie einen Spaziergang.

Der Wind hatte sich gelegt. Gegen den violett und orangefarbenen Westhimmel ragte der Turm auf. Lautlos und unaufhörlich sandte er das Leuchtfeuer aus: rot, weiß, grün, dann dunkel. Schiffe, die hinter dem Horizont fuhren und die von der Insel aus noch gar nicht zu sehen waren, empfingen die Signale. Es war beruhigend zu wissen, daß die Insel mit dieser weit entfernten, unsichtbaren Außenwelt irgendwie in Verbindung stand.

Sie ging zur Nordseite. Am Horizont hob sich ein glatter, malvenfarbiger Buckel ab, wie der Rücken eines abtauchenden Wales. Das mußte Scharhörn sein, die Insel mit der Vogelwarte. Im Osten ein hölzernes Gestell wie ein Bohrturm. Davor hockten riesige Vogelkolonien auf den Salzwiesen. Es waren sicher mehrere tausend. Durchs Fernglas sah sie die langen Hälse der Nonnengänse wie schwarze Schilfwälder. Und noch immer kamen kleinere Schwärme von See her.

Es wurde dunkel, nur das Wasser schien noch Licht zu reflektieren wie ein flüssiger Spiegel. Aus dem hölzernen Turm kletterte jemand herab. Wohnte dort jemand? Sie stellte das Glas scharf. Es war ein Mann mit geschultertem Spaten. Er begann plötzlich im Vorland zu graben, bückte sich, schien irgend etwas mit der Hand aus dem Boden zu ziehen, ging dann weiter, blieb stehen, grub wieder. Wenn er seinen Oberkörper über den Boden beugte und mit langen Armen tastete, ähnelte er einer Spinne. Jetzt erkannte sie ihn: es war dieser armselige Marcel.

Sie bekam eine Gänsehaut. Sie würde Erkundigungen über ihn einziehen. Daß er mit den Kindern hier war, konnte sie kaum glauben. Einen solchen Kerl ließ man doch nicht auf geistig Behinderte los. Er sieht aus wie Uriah Heep, dachte sie, dieselbe schmierige Unterwürfigkeit.

Er kam näher, hatte sie jedoch noch nicht entdeckt. Jo legte sich flach in das kurze, harte Gras, das nach Schafködeln roch. Sie konnte sich sein Gesicht vorstellen. Was suchte er nur dort draußen!

Du spinnst, dachte sie, wahrscheinlich ein völlig harmloser Typ. Sie wartete, bis er weit genug entfernt war. Dann lief sie schnell zu ihrem Zelt.

5

Die ganze Nacht hindurch waren die Seevögel zu hören. Draußen am Wasserrand herrschte niemals Ruhe. Ein paarmal war sie davon aufgewacht. Sie mußte an Louisa denken, Ralphs kleine Tochter.

»Wo bleiben all die toten Vögel?« hatte sie neulich gefragt. »Denn irgendwann müssen sie doch sterben.« Und sie hatte sich gleich selbst die Antwort gegeben: »Vielleicht fliegen sie so hoch, daß sie nicht mehr herabkönnen und tot in den Wolken liegenbleiben.«

Über ihren Erinnerungen war sie wieder eingeschlafen.

Als Jo aufwachte, schien die Sonne. Sie bereute, keine Uhr dabei zu haben. Hier gab es nicht, wie überall sonst, an jeder Ecke Zifferblätter mit langsam voranruckenden Zeigern.

Sie kroch aus dem Zelt. Drüben beim Kinderheim stand Marcel in einem roten, ausgeleierten Trainingsanzug und hackte Holz. Mit der Axt holte er aus wie ein Verrückter, und wenn er nicht daneben hieb, flogen die Holzscheite. Sie hörte sein triumphierendes Lachen. Immer wieder zog er sich die rutschende Hose hoch.

Von Cuxhaven kam bereits der Inseldampfer. Sie hatte herausgefunden, daß er immer zwischen Niedrig- und Hochwasser fuhr und für ungefähr zweieinhalb Stunden auf Neuwerk anlegte. Jeden Tag verschoben sich die Ankunfts- und Abfahrtszeiten entsprechend der Tide um fünfzig Minuten.

Sie nahm ihr Fernglas und lief los. Von überallher strömten Leute zum Schiffsanleger. Durchs Fernglas beobachtete sie zwei junge Männer, die eine Kiste Bananen vom Schiff auf ihren Handwagen verluden. ›Meereswoge‹ stand in blauer Schrift auf der Kiste. Auch Möbius war dort, mit seinem Hund. Neben ihm lud ein kleinerer Mann einen monströsen schwarzen Koffer auf seinen Anhänger, tippte grüßend an seine Mütze und fuhr auf seinem Mofa in Richtung Turm davon.

Sie wollte sich dieses eindrucksvolle Gebäude und Wahrzeichen der Insel endlich aus der Nähe ansehen und ging am Deich entlang Richtung Süden. Auf Höhe des Kinderheims blickte sie durch die großen Scheiben in den Raum. Ein kahlköpfiger Junge stand am Fenster und gestikulierte mit der immer gleichen Bewegung seiner Hände; ein anderer schien mit sich selbst zu sprechen und warf dazu unaufhörlich den Kopf von einer Seite auf die andere, ein dickes Mädchen preßte sein Gesicht gegen das Fensterglas, starrte sie an. Jo hob die Hand und winkte, aber sie reagierte nicht.

Sie überquerte den kopfsteingepflasterten Vorplatz. Das Gasthaus rechts hieß »Onkel Ottos Gartenlokal«, die grüngestrichenen Gartenbänke davor waren noch leer. Nur zwei Männer standen vor dem geöffneten Fenster des Kiosks. Sie hatten Bierflaschen in der Hand.

»Otto, wo bleibst du!« rief einer. »In fünf Minuten geht der Bus.« Schallendes Gelächter. Offenbar handelte es sich um einen Inselwitz.

»Hallo, Fräulein«, rief eine Männerstimme hinter ihr her. »Wollen Sie auf den Turm?«

Jo drehte sich um. Ein Mann in einem dunkelblauen Troyer kam angehumpelt. Es war derselbe, den sie vorhin mit dem Koffer auf dem Mofa gesehen hatte. Er hatte ein verkürztes Bein, sein Fuß steckte in einem klobigen schwarzen Schuh. Kinderlähmung, dachte Jo. Das sieht man in Amerika so gut wie nie.

»Ja, gerne«, sagte sie.

»Dann los, immer voran, junges Blut läuft besser.«

Die Masse des Turms hatte aus der Nähe etwas Erdrückendes. Zwei Meter achtzig dick sollten die Wände sein, hatte sie gelesen. Eine Holztreppe führte zu den zwei Türen im Turm, die in acht Metern Höhe lagen. Eine Tür führte zur Turmschenke.

Sie glaubte, bei jedem Schritt seinen Blick auf ihren engen Jeans zu spüren, lief schneller und wartete am Treppenabsatz. Er kam schnaufend nach, drängte sich dicht an Jo vorbei und schloß die Tür zum Treppenhaus auf.

»Da gehn Sie man alleine hoch.«

Eine Wendeltreppe aus Eisenstufen führte nach oben. »Hundertdreißig Stufen. Die lauf ich jeden Tag einmal rauf und runter«, sagte er. »Und bringen Sie meine Tasse doch von oben mit«, rief er ihr nach. »Ich hab sie heut morgen vergessen.«

Die Luft in dem kleinen, mit undurchsichtigen Scheiben verglasten Treppenhaus war zum Ersticken. Erleichtert trat sie endlich hinaus auf die Plattform. Was für ein Blick! Sie konnte weit über das Watt sehen. Die Sände, die Priele dazwischen wie gewundene Drachenschwänze, fast so, wie sie aus dem Flugzeug ausgesehen hatten. Im Südosten die Küste, der Streifen von Cuxhaven mit Hochhäusern und Türmen, nach Westen das große, flache Mündungsgebiet zwischen Elbe und Weser. Scharhörn war deutlich zu erkennen. Vielleicht würde sie morgen hinüberlaufen.

Ein kleiner Gang führte um das grüne Kupferdach des Turms mit der Beleuchtungsmaschinerie. Herzen mit Namen darin waren in das Metall geritzt. Auf dem Sockel neben der Tür stand seine große Tasse. Sie roch nach Rum. Unten auf dem Vorplatz humpelte ihr Besitzer zum Gartenlokal hinüber.

Darauf kommt es an, dachte sie. Solche Situationen selbst zu erleben. Anders lernt man ein Land nicht kennen. Geschichten werden einem nicht erzählt, sie geschehen.

Mit der Tasse in der Hand stieg sie hinab. Fast unten angelangt, öffnete sich im Wendelgang eine Seitentür, aus der eine alte Frau auftauchte. Sie winkte ihr. Als Jo nah genug war, packte sie sie am Arm und zog sie durch einen Gang, der zu Jos Verblüffung in eine richtige Wohnung führte.

»Seien Sie vorsichtig, Kind.« Die Frau flüsterte fast. »Er ist gefährlich.«

Jo machte sich aus dem erstaunlich kräftigen Griff los.

»Was ist gefährlich? Wovon reden Sie?«

Die Frau gab einen Laut der Verachtung von sich. Ihre Haut unter den weißen, kurzen Haaren war straff, die blauen Augen wach. Sie war viel jünger, als Jo im ersten Moment gedacht hatte.

»Rüsch«, flüsterte sie. »Er ist ein Teufel.«

Jo erwiderte nichts. Sie sah sich um. Die Fensterbögen des Turms waren bestimmt eineinhalb Meter dick, der reinste Bunker. Vor einer Spiegelkommode mit großen Topfpflanzen stand der schwarze Koffer.

»Wir Frauen müssen zusammenhalten«, stieß die Frau hervor, »sonst sperrt er uns alle ein.« Sie blickte Jo mit zusammengekniffenen Augen an. War sie eine der Frauen, die gestern den Leichenzug begleitet hatten? Von unten waren Schritte zu hören.

»Lisa«, brüllte eine Stimme im Treppenhaus. Die Frau schob Jo wortlos hinaus. Sie ging die Treppe hinab. Unten am Absatz wartete Rüsch.

Sie gab ihm seine Tasse. »Schöne Aussicht da oben.« Er sah Jo wütend an.

Draußen blickte sie am Turm hoch. In etwa fünfzehn Meter Höhe befanden sich Fenster. Sie mußten zur Wohnung gehören. Darüber lag noch ein Stockwerk.

»Was gucken Sie so.«

»Wohnen Leute in dem Turm?«

Er schien immer noch ärgerlich. »Nur meine Alte und ich.«

»Haben Sie Besuch?«

»Nein«, antwortete er barsch. »Und wenn, dann geht Sie das nichts an, Frollein.«

Jo setzte sich am Deich auf eine Bank und breitete ihre Karte auf den Knien aus, was im Wind ziemlich schwierig war. Gerade weil die Insel so flach und unscheinbar wirkte wie eine Flunder im Meer, wollte sie sie jetzt genauer studieren. Eigentlich gab es nur drei herausragende Punkte: den alten Leuchtturm im Süden, den neuen Radarturm im Norden und die beiden Baken, eine im Norden im Watt und die Ostbake 1,5 km nordöstlich vom Turm im Vorland. Das also war das Holzgestell, das sie für einen Bohrturm gehalten hatte. Sie fuhr die Distanzen mit dem Finger ab. Es war wie ein Beschwörungsritual, mit dem man Unbekanntes in Besitz nahm.

Nur ungefähr 300 Meter westlich der Ostbake lag der Campingplatz und noch einmal so weit ein Lokal mit dem Namen ›Meereswoge‹. Östlich der Rampe, wo die Wattwagen über den Deich kletterten, war der ›Friedhof der Namenlosen‹, darüber standen die Namen De Groote Wisch und De langen Stücken. Sie markierte ein paar Stellen, die sie bald besuchen wollte, und faltete die Karte wieder zusammen. Es war Zeit, etwas zu essen. Eine halbe Stunde später betrat sie die ›Meereswoge‹.

Das Lokal war voll. Eine offensichtlich völlig überlastete Kellnerin mit hochrotem Kopf, in einem weißen Acryl-Pullover, der nach Schweiß roch, bugsierte ein Tablett voller Schüsselchen mit Bananencreme und rannte Jo beinah um.

Die Kiste von heute morgen, dachte Jo. Bananen für die ›Meereswoge‹. Auf einer solchen kleinen Insel bekam man alles mit.

An einem Tisch war noch ein Platz frei. »Darf ich?« fragte sie. Der Mann nickte, die Frau hob den Kopf nicht. Unwillkürlich hatte Jo das Gefühl zu stören.

Sie nahm die fleckige Speisekarte und las. Die üblichen Gerichte: Zigeunerschnitzel, Jägerschnitzel, Wiener Schnitzel. Sie sah auf die Teller der beiden, die schweigsam eine graue Suppe löffelten. Das mußte die Fischsuppe sein.

Das Paar war gleichzeitig mit dem Essen fertig. Er legte seinen Löffel pedantisch genau parallel zur Serviette, die er anschließend aufnahm, um sich den Mund abzutupfen. Dann faltete er sie wieder zusammen und legte sie an ihren alten Platz. Sie hingegen ließ den Löffel auf dem Teller und packte auch die zerknüllte Serviette dazu. Gegensätze, dachte Jo. Und offenbar keine, die sich besonders anziehen.

»Bist du weitergekommen heute?« Die Frau hatte eine wohltönende Stimme.

»Das kann man wohl sagen! Seite 300 hab ich heute geschrieben. Halbzeit sozusagen.« Sein graues Haar war an den Schläfen fast weiß, und seine Haut wirkte papieren.

Die Frau schien innerlich aufzuseufzen. Ihr schmales Gesicht verriet plötzlich eine Müdigkeit, wie sie in vielen Ehen vorkommen mußte. Sie trug enge Hosen und Reitstiefel, unter ihrer weißen Bluse zeichneten sich große Brüste ab.

»Dann könntest du eigentlich einmal eine Pause einlegen«, sagte sie. »Du kommst den ganzen Tag nicht aus deiner Stube heraus. Immer nur Papier, Papier, Papier. Heute ist ein Tag...« Sie hielt inne, strich sich mit einer kleinen Bewegung ein paar Haare aus der Stirn. »...ein Tag mit einer Luft wie Seide. Es ist eine Sünde, bei solchem Wetter in einem muffigen Lokal zu sitzen.«

Er sah auf den Teller. Fast wirkte er schuldbewußt, wie er so dasaß mit vornüberfallenden Schultern.

Ein Mann mit glänzender Halbglatze kam an ihren Tisch und begrüßte die beiden mit Handschlag.

»Wie weit ist die Chronik, Herr Doktor?«

»Von Doktor kann keine Rede sein. Ich schreibe gerade das Kapitel über unseren Turmbau zu Babel. Eine wirklich erstaunliche Geschichte.«

Der andere hatte offenbar keine Lust, sie zu hören. »Meine Frau wartet«, sagte er, »ich muß leider fort.«

»Grüßen Sie Ihre Gattin von mir«, sagte die Frau am Tisch. Zum ersten Mal lächelte sie. »Wir wollen am Mittwoch die neuen Frauen taufen. Sie wird sicher dabeisein wollen!«

Jo war neugierig geworden. Und er wäre bestimmt froh über eine Zuhörerin.

»Ich interessiere mich für die Geschichte dieser Gegend«, stellte sie sich vor. »Ich bin Amerikanerin. Jo Pfister.« Sie reichte ihm die Hand über die Tischdecke und ertappte sich dabei zu denken, daß sie dies tat, weil sie glaubte, so machten es die Deutschen.

Sie hatte ihn richtig eingeschätzt. Seine Miene hellte sich auf.

»Kuleska«, sagte er, »pensionierter Geschichtslehrer. Dies ist meine Frau.«

Zum ersten Mal sah sie Jo an. Es schien ein interessierter Blick zu sein.

»Woher denn aus Amerika?« fragte sie.

»Charlottesville«, sagte Jo. »Virginia.«

»Virginia. Der Nachbarstaat von Maryland. Kennen Sie Bohemia Manor?«

Jo schüttelte den Kopf. »Nur aus Büchern. Waren Sie einmal dort?«

»Leider nein. Das ist einer meiner Träume, nach Amerika zu gehen.«

»Sie bewundert die amerikanischen Prediger«, schaltete ihr Mann sich ein. »Keiner predigt mit solchem Pathos.«

Jo lachte. »Das ist wahr. Sehr geschickte Geschäftsleute, mit eigenen Fernsehshows, eigenen Verlagen, hochbezahlten Auftritten. Das Geschäft mit der Angst vor dem Tod scheint sich zu lohnen.«

Die Frau hatte ihren Mann ärgerlich angesehen, als er sie unterbrach. Jetzt sagte sie: »Kommen Sie doch einmal zu einer unserer Versammlungen. Ich predige selbst. Sie können es doch beurteilen.«

Jo fühlte sich überrumpelt. »Ich glaube nur an die Absurdität«, sagte sie schnell. »Das Leben endet für mich mit dem Tod.«

»Sehr wahr. Das ist auch meine Ansicht.«

»Was war das für eine Geschichte mit dem Turm?« fragte Jo.

Frau Kuleska legte ihre Hand kurz auf die ihres Mannes und sagte: »Ich bitte, mich zu entschuldigen.« Zu Jo gewandt sagte sie: »Seine Geschichten sind wirklich interessant. Für den, der sie noch nicht gehört hat.«

Jo blickte ihr nach. Sie war groß. Der Pferdeschwanz wippte

bei jedem Schritt auf dem Rücken. Er wirkte erleichtert, als die Tür hinter seiner Frau zufiel.

»Über den Turm kann ich Ihnen einiges erzählen. Wie Sie wahrscheinlich wissen, stammt er aus dem Jahre 1300. Er wurde von einem holländischen Baumeister zum Schutz gegen die Piraten erbaut. Vorher gab es auf dieser Insel, einer ehemaligen Hallig, nur eine Kohlenfeuerblüse, die mühsam in Betrieb gehalten wurde.«

Kohlenfeuerblüse. Was für ein klangvolles Wort. Sie konnte sich nichts darunter vorstellen, aber sie mußte an ein Bild denken, das sie in einem Sagenbuch gesehen hatte: Köhler, die um ein Feuer saßen; Schatten von Flammen tanzten über ihre rußgeschwärzten Gesichter. Sie kam nicht dazu, zu fragen. Kuleska war in Fahrt.

»Die Blüse war nur in den Wintermonaten in Betrieb. Der Blüsenmeister und zwei Knechte brannten Nacht für Nacht ein riesiges Kohlenfeuer in einer Kupferschale ab. Man nahm Gefangene für diese Arbeit, kettete sie an eine Eisenkugel, damit sie nicht übers Watt davonlaufen konnten.«

Die Kellnerin kam, und Jo bestellte eine Fischsuppe.

»Die Menschen hier waren unendlich abergläubisch – und sie sind es heut noch. Das werden Sie auch noch merken. Etwas Lebendiges sollte ins Fundament des Turms. Sozusagen als Pfand gegen die Rache der See. Der holländische Bauherr, ein gebildeter und weltoffener Mann aus Utrecht, hatte für so etwas kein Verständnis. Er verbot das Opfer. Als jedoch die Mauer über dem Fundament errichtet werden sollte, hörte der Mijnheer plötzlich ein schwaches Wimmern. Er befahl den Leuten, alles wieder aufzureißen – und da fand man zwischen Lehm und Sand einen halbtoten Zigeunerjungen, ein Kind noch fast, das man ein paar Wochen zuvor von einem Wrack geborgen hatte.«

Der Mann hatte sich in Fahrt geredet. Seinen Kaffee, den die Kellnerin ihm hingestellt hatte, ließ er kalt werden. Beim Sprechen bildeten sich kleine Spuckebläschen auf seiner Lippe, und unwillkürlich rückte Jo ein Stückchen von ihm ab.

»Sie müssen nämlich wissen, ein Seemannsleben war damals

nicht viel wert. Für die Berger eines Wracks, wie sie hier zu Hunderten liegen, gab es ein Drittel des Strandgutes, wenn die Besatzung tot war. Aber wenn auch nur einer lebte, dann gab's nicht mehr als den zwanzigsten Teil.«

Er hob die volle Kaffeetasse hoch, ohne zu trinken. »Christliche Seefahrt.« Hastig nahm er einen Schluck und redete weiter, als habe er Angst, unterbrochen zu werden.

»Kurz vor Abschluß der Bauarbeiten riß es einen der Männer in die See. Alle glaubten damals an die Rache des Meeres, und man schob die Schuld auf den holländischen Meister. Dann geschah etwas Seltsames. Wenige Tage nach dem Unglück verschwand der Holländer. Es war ein paar Tage lang dichter Nebel, und erst als das Wetter besser wurde, konnte man suchen. Schließlich fand man ihn: Tot.«

Herr Kuleska trank jetzt die Tasse auf einen Zug leer und wischte sich den Mund.

»Und das ist das Spannende: Ich habe den Eindruck, sein Tod trug sich auf unnatürliche Weise zu, obwohl das in der Chronik nicht erwähnt wird. Ein ungeklärter Kriminalfall aus dem Mittelalter, wenn Sie mich fragen. Der Mann hatte nämlich ein ausgezeichnetes Pferd bei sich und gute Ortskenntnis.«

Herr Kuleska rührte mit dem Finger in der leeren Tasse und leckte den Zucker ab. Er schien es zu genießen, daß Jo auf die Fortsetzung seiner Geschichte wartete.

»Ich habe meine eigene Theorie. Für den Chronisten ist es erstaunlich zu sehen, mit welcher Sorgfalt gerade dieser Fall des Baumeisters aufgezeichnet wurde. Denn Tote sind hier weiß Gott keine Seltenheit. Aber noch heute, Hunderte von Jahren später, entsteht der Eindruck, der Schreiber habe sich schuldig gefühlt. Vielleicht wollte dieser Jemand seine Schuld durch einen indirekten Hinweis, der ihn möglicherweise in Gefahr bringen konnte, mildern. Wenn Sie mich fragen: Die Männer damals hielten alle zusammen.«

»Die Chronik als eine Art versteckte Beichte, meinen Sie?« fragte Jo.

»Ja, genau das. Möglich wär's. Auch hier war man ja katholisch, wenn auch in einer tollkühnen Mischung von Religion und Aberglauben. Der Erzbischof von Bremen gestattete schon 1321, daß Messen auf dem Turm gelesen wurden. Etwas später genehmigte der Papst einen Tragaltar. Sie sollten sich den Gewölbekeller im Turm, der als Betsaal dient, einmal ansehen. Aber trotz allem war der Glaube an die Rachegötter wohl stärker.«

Die Kellnerin brachte Jos Fischsuppe.

»Das ist eine interessante Geschichte. Kann man sie irgendwo nachlesen?«

Herr Kuleska strahlte plötzlich. »Erst wenn mein Buch erscheint. Noch niemand hat sich nämlich die Mühe gemacht, die lateinischen Dokumente zu sichten. Sie und meine Frau sind die ersten, die überhaupt davon erfahren.«

»Dann fühle ich mich besonders geehrt«, sagte Jo. »Meine Familie ist übrigens presbyterianisch«, setzte sie hinzu. »Drycountry- and Bible-belt-Mentalität. Vor dem Katholizismus haben sie die größte Angst.«

»Das wird meine Frau interessieren. Sie hat da ihre besonderen Ansichten. Katholizismus ist nicht gleich Katholizismus, würde sie sagen. Sie sollten wirklich einmal zu ihren Versammlungen gehen.«

»Danke«, sagte Jo. Sie war fast fertig mit der Suppe und spürte eine unendliche Sehnsucht nach draußen. »Eine Luft wie Seide«, hatte seine Frau gesagt. Sie reichte Kuleska die Hand zum Abschied.

»Sie wollen schon gehen?«

»Ich möchte aufschreiben, was Sie mir erzählt haben. Ich bin so vergeßlich.«

»Sie können mich immer fragen. Es freut mich so, einen jungen Menschen kennengelernt zu haben, der sich für die Vergangenheit interessiert!«

6

Sie saß zusammengekauert in einer Grube. Schwarzer Erdregen fiel auf sie nieder. Ihre Augen, ihre Nase verklebten, ihr Mund war voller Sand, sie bekam keine Luft mehr, wimmerte wie ein Kind.

Der Zigeunerjunge, war ihr erster Gedanke, als sie aufwachte. Ich bin verdammt nah dran an dieser Geschichte. Viel zu nah!

Sie lag an einer windgeschützten Stelle des Deiches. Sie mußte ziemlich lange geschlafen haben, dem Stand der Sonne nach zu urteilen. Sie holte ihr Notizbuch hervor und begann aufzuschreiben, was sie vom Bericht des Geschichtslehrers behalten hatte.

Im Heim hinter ihr wurde eine Tür geöffnet, und heraus quoll eine Gruppe Kinder. Mit ungeschickten Bewegungen stürmten sie los, gefolgt von einem Jungen im Rollstuhl, der von einer älteren Frau geschoben wurde. Nichts von dem üblichen Kindergekreisch war zu hören. Ihre Bewegungen wirkten seltsam plump. Auch verlangsamten sie sich immer mehr. Es sah aus, als kröchen Maden den Deich empor.

Der Junge im Rollstuhl drehte unaufhörlich den Kopf hin und her, als wolle er alles mitbekommen, während die Betreuerin ihn sichtlich mit Mühe einen schrägen Weg den Deich hochschob. Es mußten die Behinderten sein, von denen Marcel erzählt hatte. Sie würde sich nachher im Heim vorstellen, nahm sie sich vor.

Sie blätterte zurück.

Allmählich entstand eine kleine Liste von Vorhaben. Der Gewölbekeller, die Versammlung von Frau Kuleska, Scharhörn.

Spaziergänger kamen den Deich entlang, auf dem Weg zurück zum Inselschiff. Einige musterten sie penetrant, Jo starrte zurück, bis sie den Blick abwandten. Es war eines ihrer kleinen Spielchen. Sie haßte es, wenn Leute sie anglotzten. Ein junger Mann kam direkt auf sie zu. Er sieht aus wie George aus Richmond, dachte sie. Die gleichen blonden Locken, das Jungengesicht. George, der davon lebte, daß er für andere Leute Gärten anlegte, Gemüsebeete wartete. Landscaping. Sie hatte ihn immer sehr gemocht.

Sie lächelte ihn an, ohne sich dessen bewußt zu sein.

»Na? Gestrandet hier?« fragte er und blieb stehen.

»So ungefähr. Mit dem Arbeiten jedenfalls ist es nichts geworden«, sagte sie und legte endgültig das Notizbuch beiseite.

»Was für eine Arbeit nimmt man sich denn hier am Deich vor?«

Er war neugierig, fand sie. Sie rückte auf der Decke zur Seite. Dieser George war der erste auf der Insel, der ihr auf Anhieb gefiel.

»Danke«, sagte er, ließ sich aber nicht nieder, sondern blieb dicht vor ihr stehen. »Ich bin Vogelwart drüben auf Scharhörn. Nach Neuwerk komme ich nur, wenn ich mal wieder ein richtiges Bad brauche. Möbius hier läßt mich in seine Wanne.«

George, wie er leibt und lebt und redet, dachte Jo.

»Ich heiße übrigens Georg«, sagte er. »Und du?«

»Jo.« Sie dehnte unwillkürlich ihren Namen. »Welch ein Zufall«, sagte sie. »Setz dich doch.«

Er ließ sich neben ihr auf die Decke nieder und kreuzte die langen Beine. »Wieso Zufall?«

»Nur so.«

Er begann sie auszufragen. Eigentlich hatte sie sich die Rollenverteilung genau umgedreht vorgestellt, schließlich war sie hier, um Neues kennenzulernen.

»Du bist also Geschichtendetektiv«, resümierte er. »Wenn du Atmosphäre brauchst, besuch mich doch mal drüben auf Scharhörn.«

»Wenn du mir dann auch ein paar Fragen beantwortest.«

Sie fing seinen überraschten Blick auf, dann lachten sie beide. Es war selten, daß ihr jemand so schnell vertraut war.

Georg sah auf die Uhr. »Ich werde meinen Freund im Heim besuchen gehen. Wenn du willst, stelle ich dich dort vor.«

»Doch nicht etwa diesen langen Schwarzhaarigen?« Sie dachte an Marcel.

»Den bestimmt nicht. Der scheint mir selbst nicht zurechnungsfähig. Nein, ich meine Olaf, den Rollstuhlfahrer. Er ist nicht nur völlig normal, sondern sogar hochintelligent. Es ist ein

Skandal, daß man ihn mit den geistig Behinderten zusammengesteckt hat. Ich besuche ihn jedesmal, wenn ich hier bin. Wir spielen Schach miteinander.«

»Also gut«, sagte sie. »Ich komme mit.«

An der Außenmauer des Hauses stand in verblichener Schrift »Gartenetablissement«. Offenbar war das Gebäude vor seiner Zeit als katholisches Kinderheim einmal eine Wirtschaft gewesen. Auf Georgs Klopfen hin öffnete dieselbe ältere Frau die Tür, die vorhin den Rollstuhl geschoben hatte. Sie wirkte müde. Ihre dicken Beine, die aussahen, als hätte sie Wasser, steckten in heruntergerutschten braunen Strümpfen. All diese alten Frauen, dachte Jo. Sie könnte glatt eine Schwester von der Frau im Turm sein.

»Frau Sanftleben«, stellte Georg vor. »Sie kocht für die Kindergruppen. Und Jo. Sie hat ihr Zelt nebenan stehen.«

Sie gab Jo eine weiche, feuchte Hand und sagte:

»Schön, daß Sie kommen, Georg. Da wird der Olaf vielleicht auf andere Gedanken kommen.«

»Wieso andere Gedanken?«

»Ich weiß nicht, was er hat. Er ist in letzter Zeit so komisch gewesen. Reden tut er ja nie viel. Aber jetzt wirkt er irgendwie verstört, rollt mit seinem Stuhl immer vor das Fenster im Saal, von dem aus man aufs Vorland sehen kann, und starrt stundenlang hinaus. Er ist da nicht wegzubringen. Man könnte meinen, daß er vor irgend etwas Angst hat. Wenn ich ihn frage, was los ist, sieht er mich nur groß an. Warten Sie, ich hole ihn.«

Sie verschwand im Innern der Küche. Durch den Türspalt konnte man riesige Aluminiumtöpfe auf dem Herd stehen sehen.

»Macht sie das alles allein hier?« fragte Jo. Georg nickte. »Ihr Mann ist Hausmeister, repariert und kauft ein. Sie kocht und putzt für die ganze Gruppe. Sie arbeitet für drei.«

»Moin, Georg.« Eine Stimme dröhnte im Flur und gleich darauf tauchte ein untersetzter Mann auf, Herr Sanftleben, vermutete Jo. Sein rundes, gerötetes Gesicht glänzte.

»Ich sehe, du hast Begleitung. Wollt ihr euch nicht schnell einen Kleinen mit mir genehmigen? Das muß doch gefeiert werden.«

Ohne die Antwort abzuwarten, holte er drei Gläser und eine Flasche aus dem Kühlschrank. Er hielt sie hoch. »Die reinste Medizin!« sagte er und goß ein bis zum Rand. »Vogelbeerschnaps. Früher aßen die Matrosen Vogelbeeren gegen Skorbut!« Er gab jedem ein Glas. »Prost.« Er kippte den Schnaps hinunter und schenkte sofort wieder voll. Die Flüssigkeit brannte ihr in der Kehle.

Frau Sanftleben erschien mit Olaf im Rollstuhl.

»Ach, Sanftleben, hast du schon wieder...«

»Nur einen ganz Kleinen, Gertrud. Medizin, du weißt doch.«

Georg ging zu Olaf und gab ihm die Hand. »Und dies hier ist Jo aus Amerika. Sie interessiert sich für unsere Inselwelt.«

Der Junge wirkte scheu. Er hielt den Kopf gesenkt, als er ihr die Hand gab. Sein Händedruck war erstaunlich kräftig.

»Willst du mit uns spazierenfahren?«

Er nickte.

»Wir bringen ihn nachher zurück.«

Frau Sanftleben öffnete ihnen die Tür.

Sie schoben Olaf die Deichschräge hinauf. Der Junge zeigte mit dem ausgestreckten Finger in Richtung Vorland.

»Da läßt es sich aber schlecht gehen. Willst du wirklich dorthin?« Er nickte heftig.

»Er ist ganz verkrampft heute«, flüsterte Georg ihr zu.

»Da lang«, sagte Olaf plötzlich. Zum ersten Mal hörte sie seine Stimme. Sie klang heiser und alt.

Georg schob ihn einen kleinen Seitenpfad hinab, dann landeten sie im Vorland. Das Gras war feucht, hellvioletter Meersenf blühte hier schon, und es roch nach Schafsmist, wie überall auf der Insel.

»Da hinten hin«, sagte Olaf. Sie mußten jetzt aufpassen, um mit dem Stuhl nicht im Schlick steckenzubleiben.

Auf dem von Schafen kurzgehaltenen Salzgras waren deutlich die Hochwasserlinien zu erkennen. Wie Wellen lagen hintereinander Streifen aus Strandgut: Federn, ein halber Möwenflügel, Colabüchsen, ein zerfledderter Frauenstrohhut. Auch ein einzelner Herrenschuh und Flaschen zwischen welkem Gras, Seetang und Treibholz. Sie näherten sich den Kolonien der Seeschwalben und Lachmöwen. Einzelne Vögel stiegen auf, bald flatterten sie zu Hunderten über ihnen und machten einen ohrenbetäubenden Lärm.

Jo lief voraus, das Siel entlang bis zu seiner befestigten Mündung im Watt. Sie balancierte auf die Betonmauer hinaus und erschrak: Zwischen Stroh und Müll lag ein toter Vogel. Sein weißer, schmutziger Bauch quoll nach oben, die Augen waren ausgelaufen. Eine Brandgans, nichts Besonderes hier, aber der Tod hatte sie in etwas Furchterregendes verwandelt.

»Warst du schon einmal hier, Olaf?« Der Junge nickte.

Jetzt zerrte er plötzlich heftig an Georgs Jacke und zeigte in den Graben vor ihnen.

Es war nichts Besonderes zu sehen. Grassoden, wie sie überall im Vorland ausgelegt waren, Binsenbüsche, vom Winter noch braun, hingen über den kleinen Kanal. Der Schlick war rissig, weil das Wasser schon lange mit der Ebbe abgelaufen war. Es stank faulig nach Algen.

»Was ist denn?« Georg sah ihn an. Olaf zeigte immer wieder in den Graben. Er zitterte vor Anstrengung, krallte sich an seinem Rollstuhl fest.

Jo sprang auf die andere Seite hinüber und stieß einen halb erstickten Schrei aus.

»For God's sake«, entfuhr es ihr. »Da liegt jemand.«

Olaf wand sich im Rollstuhl hin und her. Georg schob ihn ein Stück zur Seite. Dann beugte er sich von der Böschung hinab. Durch das überwuchernde Kraut sah er zwei weiße Finger. Rot lackierte Nägel, ein schlichter goldener Ring. Georg erhob sich und sprang ebenfalls auf die andere Seite hinüber. Eine Frau lag im Schlamm des Grabens. Eine ihrer Ledersandalen war abgefallen und steckte im Schlick. Ihr Kopf lag seitlich gewendet auf dem rechten Arm, nur ihre Hand ragte darunter hervor.

»Wann warst du hier, Olaf?« rief Georg. »Wer hat dich hierhergebracht?«

Der Junge schüttelte den Kopf und begann zu weinen. »Wir

haben hier gespielt«, sagte er schluchzend. »Die anderen. Sie haben mit der Frau gespielt. Eine schöne Puppe, fand Inga.«

»Inga ist die blonde Dicke. Sie ist geistig völlig zurückgeblieben«, sagte Georg zu Jo.

»Wann war das?«

»Gestern. Wir sind gestern morgen hier gewesen.«

Jo spürte eine Mischung aus Ekel und Angst, aber dennoch zog die Tote sie magisch an. Bäuchlings schob sie sich an den Rand des Grabens und betrachtete die Frau. Sie war schlank und groß, mochte Anfang bis Mitte Dreißig sein. Vielleicht nur ein, zwei Jahre älter als sie selbst. Ihr Gesicht war abgewandt. Jo war froh, ihre Augen nicht sehen zu müssen. Ihre braunen Haare wellten sich. Sie trug ein rotes Kleid, teure Ledersandalen, einen Kamelhaarmantel. Sie sah nicht aus wie jemand von der Insel.

»Wer ist wir?« Georg versuchte, mehr von Olaf zu erfahren, aber der Junge konnte oder wollte offenbar nicht antworten.

Jos Verstand begann wieder zu arbeiten. Da war irgend etwas. Eine Erinnerung, undeutlich. Denk nach, sagte sie zu sich. Es kann ja nur hier gewesen sein.

»Kennst du sie?« fragte Georg.

»Ich weiß nicht. Ich müßte ihr Gesicht sehen.«

»Ich glaube, es ist besser, wir benachrichtigen gleich die Polizei. Kann sein, daß sie sich im Watt verlaufen hat. Es sieht nicht so aus, als ob sie schon lange hier liegt. Wer ertrinkt, befindet sich meistens in einem anderen Zustand.«

»Du meinst…« Jo zögerte. Georg zuckte die Achseln.

»Man weiß nie. Hier im Vorland zu verunglücken scheint mir nicht sehr wahrscheinlich.« Er wandte sich wieder an den Jungen, der sich inzwischen ein wenig beruhigt hatte.

»Olaf, mit wem warst du hier?«

Olaf deutete zum Deich. Dort stand, trotz der Entfernung gut zu erkennen, Marcel.

»Hat er die Frau auch gesehen?«

Olaf nickte. »Die andern haben alle mit ihr gespielt.«

Jo blickte Georg an. Er strich Olaf über den Kopf. »Du bist ein sehr kluger und tapferer Junge.«

7

Vom Heim aus riefen sie die Polizei in Cuxhaven an. Während Georg viel zu umständlich die Situation erklärte, wartete Jo in der Küche. Herr Sanftleben kam, bot ihr einen Schnaps an, den sie dankbar annahm, und schenkte sich selbst einen nach dem anderen ein.

Von hier aus konnte sie in den Aufenthaltsraum sehen. Zwölf Kinder hielten sich hier auf. Sie erkannte den glatzköpfigen Jungen, der heute morgen gestikulierend am Fenster gestanden hatte, und das dicke Mädchen, Inga. Frau Sanftleben schien völlig überfordert mit den Kindern. Alle waren sie unruhig, einige weinten. Vielleicht spürten sie, daß etwas Ungewöhnliches vor sich ging. Diese Kinder schienen eine Art sechsten Sinn zu haben.

Der Hubschrauber aus Hamburg kam. Georg und Jo führten die Beamten ins Vorland, wo die Frau lag. Der Fund hatte sich auf der Insel schon herumgesprochen. Obwohl inzwischen leichter Nieselregen eingesetzt hatte, standen Leute auf dem Deich, um zuzusehen. Kurgäste, Möbius, die Leute vom Turmkiosk. Sie vermißte das Ehepaar Kuleska. Auch die beiden Alten vom Turm waren unter den Wartenden. Mit ausgestreckter Hand kam die Frau auf Jo zu und fing an zu weinen, als wäre sie eine der Leidtragenden. Ein Fotograf stellte seine Geräte auf und machte Aufnahmen. Ein junger Polizeibeamter, der vielleicht eben erst die Ausbildung hinter sich hatte, kam auf sie zu.

»Ich muß Sie bitten, mit mir zu kommen.« Er brachte sie zum Kommissar, der ein Stück weiter draußen im Vorland stand. Ein beleibter, cholerisch aussehender Mann in einem fleckigen Trenchcoat.

»Grinzow, Kriminalpolizei«, sagte er. »Sie sind Amerikanerin?«

Jo sagte viel zu laut: »Ja.« Warum hatte sie plötzlich dies schlechte Gewissen? Sie verspürte das Bedürfnis, jetzt in ihre Muttersprache auszuweichen.

»Halten Sie es für wahrscheinlich, daß der Junge die Leiche schon gestern hier hat liegen sehen?«

Jo nickte.

»Und warum hat er Ihrer Meinung nach dann erst heute Ihnen und dem Vogelwart davon erzählt?«

»Versetzen Sie sich doch einmal in seine Lage.«

Sie hielt inne. Ihre Stimme hatte aggressiv geklungen. Grinzow schien darauf zu warten, daß sie fortfuhr. »Querschnittsgelähmt und hochintelligent – bei jeder Bewegung auf andere angewiesen. Als Gesprächspartner meistens nur geistig Behinderte. Das Sprechen ist er nicht gewohnt. Er hat nur zu wenigen Vertrauen. Zu den wenigen gehört Georg.«

Grinzow nickte. »Und Sie? Obwohl er Sie erst einmal gesehen hat?«

»Es gibt Fälle, wo Vertrauen gleich entsteht.« Wieder der aggressive Ton. Grinzow nickte gleichmütig.

»Sie können gehen, aber vielleicht brauche ich Sie später noch einmal.«

Der Kommissar gab Anweisung, auch Olaf und Marcel zu vernehmen. Wenig später kam der junge Beamte mit Marcel zurück. Er redete bereits unterwegs wie ein Wasserfall.

»Ich kann dazu nichts sagen, nicht wahr, ich kann keine Auskünfte geben, denn ich bin ja sozusagen nur Gast hier, nicht wahr, da müssen Sie mit dem Heimleiter reden, sich an den wenden, denn ich bin für nichts zuständig, ich mach hier nur, was man mir gesagt hat.«

Er lief vor Grinzow auf und ab, hob die Hände in die Luft und ließ sie wieder fallen, holte einen Zigarettenstummel aus der Jackentasche und zündete ihn an, schon beim zweiten Zug müßte er sich die Lippen verbrennen, dachte Jo.

Grinzow versuchte, seinen Wortschwall einzudämmen.

»Hören Sie, Herr Schwartz, ich stelle Ihnen jetzt Fragen. Ob Sie Gast sind oder nicht, hat nichts mit der Tatsache zu tun, daß Sie es waren, der die Kinder hierher...«

»Es tut mir leid«, sagte Marcel, hob die Hände und begann wieder auf- und abzuwandern. »Ich habe hier nun mal nichts zu sagen, da können Sie fragen, aber es ist nun einmal so, daß ich nur Gast bin hier, und Sie und Ihre ganze Insel halten zusammen, dazu gehöre ich nun einmal nicht, nicht wahr, da kann ich Ihnen leider auch nicht helfen.«

Jo konnte nicht mehr verstehen, was weiter geredet wurde. Der junge Polizist hatte sie weggeschickt. Vom Deich sah das Verhör wie ein Pantomimenstück aus. Beide gestikulierten. Grinzow geriet mehr und mehr aus der Fassung, während Marcel immer ruhiger wurde. Er stand inzwischen still, während nun der Kommissar hin- und herlief.

Man hatte die Leiche inzwischen neben den Graben aufs Gras gelegt. Eine junge Frau, schlank und großgewachsen, kaum viel älter als sie selbst. Plötzlich kamen zwei Sanitäter, hüllten den Körper in ein Tuch und trugen ihn auf einer Bahre weg. Kurze Zeit darauf stieg der Hubschrauber wie eine große, häßliche Hummel in den Himmel. Marcel wurde von einem Beamten zu seinem Wohnwagen begleitet. Die Leute verliefen sich. Georg hatte seinen Rucksack noch bei Jo stehen. Sie war froh, daß er bis zum Zelt mitkam.

»Glaubst du, ich bin in Sicherheit hier?«

»Hast du etwa Angst?«

»Na ja, nicht gerade Angst. Aber wohl fühle ich mich auch nicht mit diesem Psychopathen hundert Meter weiter im Wohnwagen.«

In diesem Moment machte Marcel Licht drüben. Man konnte ihn in seiner Behausung herumhantieren sehen, der Beamte stand wartend davor. Etwas später gingen beide fort.

»Anscheinend nehmen sie ihn mit.«

Jo holte eine der zwei Flaschen Bordeaux aus dem Rucksack, die sie vor ihrer Abreise gekauft hatte.

»Komm, einen Schluck trinken wir noch.«

Sie öffnete die Flasche und goß den Wein in zwei Plastikbecher. »Seltsam, wie nah man dem Tod plötzlich kommen kann! Glaubst du, sie hat sich im Watt verirrt?«

»Unwahrscheinlich«, sagte Georg. »Sie sah nicht gerade wie für eine Wattwanderung gekleidet aus. Wer läuft hier schon in teurer Stadtkleidung und eleganten Sandalen los?«

Sie stießen mit den grünen Plastikbechern an. Der Wein sah

nicht schön aus in diesen Gefäßen, aber er tat gut. Ihre Anspannung löste sich. Jo schenkte nach. Georg lächelte.

»Es ist schön, dir begegnet zu sein«, sagte er unbeholfen. Sie dachte an Ralph. Ein merkwürdig blasser Gedanke. War sie wirklich erst vier Tage fort?

»Ich muß jetzt leider gehen. Die Flut läßt nicht mit sich reden«, sagte Georg. Sie gaben sich die Hand. Vielleicht nur den Bruchteil einer Sekunde länger als es der Situation angemessen war.

»Du brauchst bestimmt keine Angst zu haben«, sagte Georg.

Sie sah ihm nach, wie er ausschritt. Auf der Deichkrone drehte er sich kurz um und winkte. Dann verschwand seine Gestalt so plötzlich wie eine Handpuppe im Kasperletheater, die der Spieler mit einer schnellen Bewegung nach unten zieht.

Jo kroch in ihren Schlafsack. Sie war hundemüde. Aber es war keine gute Müdigkeit. Das Gesicht der Frau ging ihr nicht aus dem Sinn. Sie hatte genau in dem Moment hingeblickt, als der Arzt sie umdrehte. Es war ein klar geschnittenes Gesicht, volle Lippen, große, runde Augen. Sie hatte sicher schön ausgesehen. Sogar im Tod war noch etwas davon zu spüren gewesen. Das Gefühl, der Frau schon einmal begegnet zu sein, ließ sie nicht los.

In diesem Moment vielleicht packte jemand sie gerade auf einen Labortisch, zog ihr die Kleider aus, um sie zur Obduktion fertigzumachen. Jo zwang sich, an etwas anderes zu denken.

8

Sie blinzelte in die Sonne. Ein wolkenloser Himmel, der erste richtig schöne Tag. Heute würde sie nach Scharhörn laufen! Und auf diese Weise der Insel eine Weile entkommen, dachte sie, ohne sich ihr unbehagliches Gefühl eingestehen zu wollen.

Sie kochte einen Tee, aß schnell und packte ein paar Sachen in ihren Tagesrucksack: Regenzeug, Karte, Fernglas, Schokolade. Dann fiel ihr ein, daß sie unbedingt eine Uhr brauchte wegen der Tide. Im Hof drüben konnte man ihr vielleicht eine leihen.

Wie am Tag ihrer Ankunft öffnete sie die Glastür und ging an dem Regal mit Gummistiefeln vorbei zur Küche. Diesmal war das Ehepaar Fiss allein. Die junge Frau, die sich auf eine provinzielle Art modisch zu kleiden suchte, zog ein beleidigtes Gesicht, als Jo eintrat. Ihr Mann meinte:

»Nach Scharhörn wollen Sie? Dafür sind Ihre Gummistiefel aber an einem Ende zu kurz.«

Ohne die Miene zu verziehen, nahm er einen großen Wecker vom Regal und gab ihn ihr. Seine Frau lachte.

»Stellen Sie den Alarm auf vier. Wenn der Wecker rasselt, müssen Sie zurück.«

Sie bedankte sich. Die Frau lachte immer noch, als Jo die Tür hinter sich schloß. Komisches Paar. Und wozu waren die vielen Gummistiefel gut? Ob sie Kinder hatten? Aber Kinder hatte sie, abgesehen von den Behinderten, auf der Insel überhaupt noch nicht gesehen. Merkwürdig eigentlich.

Sie kletterte über den Steindamm aufs Watt hinaus. Der Boden war weich hier, bei jedem Schritt sanken ihre Gummistiefel tief ein. Ganz in der Nähe war eine Schulklasse damit beschäftigt, Bernstein zu suchen. Mit Spaten ausgerüstet, standen sie im Schlick. Der bärtige Lehrer mit hochgekrempelten Hosenbeinen und einer Regenjacke dozierte, und ein Junge mit rosa Brikettfrisur schrie plötzlich auf: »Hier, ich hab was.« Alle stürzten zu ihm. Durch den zähen Schlick wirkten die Bewegungen wie in Zeitlupe.

Der Weg nach Scharhörn führte um die Südwestspitze der Insel. Sie sah nur noch eine Familie in hellblauen, geblümten Plastikregenmänteln in der Nähe. Mit dem kleinen Kind würden sie kaum weit laufen. Auf dem acht Kilometer langen Weg zur Vogelinsel war sie allein.

In der Hundebalje, dem großen Priel, der zugleich das Elbe-Neuwerk-Fahrwasser war, stand das Wasser noch so hoch, daß sie die Gummistiefel ausziehen mußte. Herr Fiss hatte also recht gehabt. Sie watete durch das kalte, schnell fließende Wasser. Krabben taumelten gegen ihre Füße und kitzelten. Kaum vorstellbar, daß in wenigen Stunden der Inseldampfer hier fuhr.

Sie schritt aus. Die Weite dieser Landschaft war ihr vertraut. Auch in Amerika gab es solche Landschaften: kaum Orientierungspunkte, der Horizont wie eine Naht einmal um den ganzen Gesichtskreis. Eine Einsamkeit, die auch Angst machen konnte. Unwillkürlich sah sie hinter sich; folgte ihr jemand? Hier wäre sie schutzlos ausgeliefert. Wenn irgend etwas passierte, wäre niemand in der Nähe, ihr zu helfen. Sie brauchte sich ja nur den Fuß zu verstauchen oder an einer scharfen Muschelkante aufzuschlitzen. Unheimlich. War sie einmal zu weit hinausgelaufen und wurde von der Flut überrascht, konnte sie nichts mehr tun. So war das junge Mädchen umgekommen.

Aber wozu jetzt daran denken. Sie hielt sich an die Tide, und es war herrlich, endlich unterwegs zu sein.

Von irgendwo im Himmel kam ein Grollen. Gewitter womöglich? Wie sollte sie sich dann verhalten? Weit und breit war sie der höchste Punkt in dieser Landschaft. Das diffuse Donnern wurde lauter, schien näherzukommen – aber es sah nicht nach Gewitter aus. Flache Wolkenfelder mit blauen Stellen dazwischen. Dann sah sie die Düsenjäger. Dreieckige Schatten schossen über den Himmel, unwillkürlich duckte sie sich. Stille flutete zurück, von Seevogelrufen begleitet. *Fighting for democracy*, dachte Jo. Daß man diese Manöver nicht abgeschafft hatte!

Ihre Augen begannen vom Wind zu schmerzen. Ausgerechnet jetzt! Sie war es nicht mehr gewohnt, Kontaktlinsen zu tragen.

Der Weg lief nun direkt nach Norden auf die Vogelinsel zu. Die Hütte, die auf Stelzen stand – sicher wegen der Sturmfluten –, ließ sich bereits erkennen. Dahinter wie Phantome Schiffe auf der Nordsee. Sie schienen zu tanzen. Das Land tauchte auf und ab, die Frachter mit den weißen Aufbauten und roten und blauen Rümpfen zerflossen zu unruhigen Formen. Sie nahm den Wekker. Eine dreiviertel Stunde, seitdem sie losgelaufen war. Es war sicherlich noch einmal so weit.

Links tauchte ein Sandrücken auf. Ein grüner Bauwagen stand mitten zwischen den Strandpflanzen. Schade, daß sie keine Zeit für einen Umweg hatte. Auch hinter der Vogelinsel tauchte jetzt ein Sandrücken aus dem Wasser. Ein großes Schiff lag darauf, zur Seite gekippt. Die offenen Laderäume gähnten wie eine riesige, leere Bauchhöhle. Der Rumpf verrostet und teilweise offen; ein Skelett. Mit ablaufendem Wasser schien es immer höher über den Horizont zu ragen.

Je näher sie Scharhörn kam, desto deutlicher waren die Vögel zu hören, die in großen Schwärmen über der Insel kreisten. Ein endloses weißes Gewirbel. Den ganzen Tag dieses Gekreisch zu hören mußte einen doch wahnsinnig machen! Georg trat aus der Hütte an die Balustrade, und sie winkte ihm zu. Er hob die Hand. An dem Schild »Betreten der Insel verboten« vorbei ging es an Land.

Der weiße Sand blendete sie. Lichtreflexe huschten über zwei große blaue Tafeln, Solarzellen. Das harte Dünengras schnitt in die Haut. Als sie die drei Meter hohe Leiter zur Hütte hochkletterte, kam Georg ihr entgegen. Es war unmöglich, sich so zu begrüßen. Sie drückte sein Fußgelenk, und beide mußten lachen.

Jo war ganz benommen, als sie die Hütte betrat. Der ständige Wind, das gleißende Licht, der Lärm der Vögel hatten sie leicht schwindlig gemacht.

»Kann ich mich einen Augenblick hinlegen?« fragte sie. »Auf das Sofa da?«

»Klar, ich mach uns inzwischen einen Tee, wenn du willst.« Sie nickte. »Dann hole ich Wasser aus der Zisterne.«

Einen Moment schloß sie die Augen. Aber sie hielt es nicht lange aus. Sie sah sich um: An der hellgestrichenen Holzwand stand ein einfacher Schreibtisch mit einem Computer darauf und Stößen von Manuskripten. Überall Bücherstapel, *Birds of Africa*, der Roger Tory Peterson Guide, ein paar Krimis. Von der Decke hing ein Netz mit Orangen, auf dem Boden eine Holzkiste voll Kerzen, Nudel- und Reissäcke. An die Wand gepinnte Vogelfedern schmückten den Raum: der Flügel einer Ente in schillerndem Lila, die feinen braun und weiß gemusterten Federn einer Schnepfe.

»Geht's dir besser?« Georg war zurück.

»Der Schreck von gestern steckt mir wohl noch in den Knochen. Gibt es solch schreckliche Funde öfter hier?«

»Öfter als du denkst«, sagte Georg, während er die Gasflasche aufdrehte. »Die Behörde zahlt mir sogar einen festen Satz für das Bergen von Leichen. Achtzig Mark für eine Wasserleiche, wenn ich sie aus dem Wasser aufs Trockne ziehe, dreißig Mark, wenn ich sie mit Holzpflock und Seil festmache. Im letzten Jahr gab es drei, das Jahr davor eine.«

Er lachte, als sie ihr Gesicht verzog.

»Aber es gibt auch erfreuliches Strandgut. Letzte Woche zum Beispiel ein kompletter Videoabend: Ein Sechserpack Bier, zwei Videokassetten und ein Päckchen Tabak. Vor ein paar Jahren gab's mal eine Ladung schwarzen Afghan von einem Dampfer, den der Zoll filzen wollte. Ständig kamen irgendwelche Leute her und hofften, noch was zu finden. Nimmst du Zucker?«

»Nein danke. Du hast es hier wirklich schön.«

Er kam mit zwei Tassen und setzte sich zu ihr. »Ein schwacher Abglanz von meinem Holzhaus im Sudan. Das hatte ich mir allerdings selbst gebaut.«

»Wie lange warst du dort?«

»Etwas über fünf Jahre. Damals wohnte meine Freundin noch bei mir. Sie hat das primitive Leben inzwischen satt und lebt jetzt mit einem erfolgreichen Literaturkritiker zusammen in Hamburg. Sechs Zimmer, Stuckdecke, zwei Garagen.« Es klang fast belustigt, wie er es sagte.

»Und das viele Papier? Hast du das alles vollgeschrieben?«

»Ich arbeite an einem Buch.«

»Einem Roman?«

»Nein, so was liegt mir nicht. Ich bin leider ziemlich unpoetisch veranlagt. Ich schreibe ein Buch über die Vögel des Sudans.«

Er schenkte Tee nach.

»Und das da?« Jo zeigte auf einen Kasten in der Ecke, der wie ein Geigenkasten aussah. »Spielst du?«

»Manchmal. Wenn hier tagelang Nebel liegt und ich nicht mal die Spitze der Insel sehen kann, nichts als das verdammte Nebelhorn zu hören ist. Das drückt aufs Gemüt.«

Jo dachte an ihre Querflöte. Sie lag noch immer unangerührt

im Rucksack. Als sie in Amerika ihre Sachen packte, hatte sie sich vorgestellt, damit an einem einsamen Strand zu sitzen.

»Na, wenn du Geige spielst, kannst du so ganz unpoetisch nicht sein«, sagte sie.

Einen Augenblick lang sah er sie an, dann schien es ihm bewußt zu werden, und fast verlegen erhob er sich, reckte die Arme und öffnete die Tür, als werde es ihm zu eng in der kleinen Hütte. Von draußen drangen das Vogelgeschrei, das gleißende Licht, der Wind herein.

»Willst du einen Rundgang machen?«

»Gern.« Sie folgte ihm auf die Balustrade.

»Was ist eigentlich mit der Insel da drüben? Ich hab da einen Bauwagen stehen sehn.«

»Du meinst Nigehörn. Die betreue ich mit, aber es gibt kaum Brutvogelpaare. Aus irgendeinem Grund spült da die Hamburgische Hafenbehörde immer noch weiter auf. Völlig sinnlos, scheint mir.«

»Ich denke, das Wattengebiet hier steht unter Naturschutz?«

»Ja, schon. Aber die Regierung lehnt es ab, den Umweltschutz im Grundgesetz zu verankern. Das ist Länderbefugnis. Und jedes Land macht in diesem Bereich, was ihm in den Kram paßt. Die Schleswig-Holsteiner haben eine Bohrinsel, die Niedersachsen wollen von Norwegen eine Pipeline verlegen. Da kann das Watt hundertmal von der UNESCO als Biosphärenreservat ausgewiesen sein. Mit Seevögeln kann man eben kein Geld verdienen. Man kann sie nicht einmal essen.«

Sie kamen an die Fahrrinne, die zwischen der roten und grünen Tonne keine dreihundert Meter breit war. Direkt vor ihnen fuhr ein großes, blaugestrichenes Containerschiff mit weißen Aufbauten elbaufwärts. »Panamese«, sagte Georg. Elbabwärts kam ein verrostet aussehendes russisches Frachtschiff. In geringem Abstand glitten sie aneinander vorbei.

»80 000 Schiffe im Jahr. Wußtest du, daß dies einer der meistbefahrenen Schiffahrtswege der Welt ist? Pro Jahr kommen mehr Schiffe hier durch als durch Panama- und Suezkanal zusammen.«

Plötzlich hörte sie hinter sich ein Rasseln. Es dauerte einen

Moment, bis ihr klar wurde, daß es der Wecker in ihrem Rucksack war.

»Ich muß zurück«, sagte sie.

Georg sah auf die Uhr, dann auf die Windfahne. »Wir haben südöstlichen Wind. Er hat das Wasser heute weiter hinausgedrückt. Eine halbe Stunde hast du noch. Meinst du, du kannst allein zurückgehen?«

»Ich bin okay«, sagte sie. Sie lächelte. Es tat gut, daß jemand richtig besorgt um sie war.

»Sieht das Schiff nicht traurig aus?« Sie deutete zu dem Wrack.

»Das ist die ›Ondo‹, ein brasilianischer Kakaodampfer, 1962 gestrandet. Daneben siehst du die Mastspitze von ›Fides‹, einem italienischen Fischdampfer. Beide gingen in derselben Sturmnacht unter. Seit dreißig Jahren liegen sie jetzt auf dem Großen Vogelsand. Gegenüber am Scharhörnriff gibt es noch viel mehr Wracks, aber die siehst du nicht. Der Sand dort ist locker und naß, tückisch wie ein Moor. Weil er mit Wasser vollgesogen ist, gibt er nach, und alles verschwindet in der Tiefe. Mahlsand. Oder Quicksand, wie ihr auf Englisch sagt.«

Ob er verliebt ist, dachte Jo. Verliebte reden oft so schulmeisterlich. Sie müssen alles erklären, mit Ausnahme ihrer Gefühle.

Sie gingen langsam zurück. So langsam, als gäbe es keine Gezeiten.

»Was machst du jetzt?« fragte sie.

»Gelege zählen. Für die Statistiken über die Brutvögel hier.«

»Aber eins sieht doch aus wie das andere.«

»Stimmt. Und auf jedem Quadratmeter findet man ungefähr vier. Ich nehm etwa zweitausend Wattestäbchen, von diesen Q-tips, und lege sie in die Nester. Hinterher weiß ich die Differenz.«

»Ich dachte immer, die Vögel würden beringt.«

»Das war einmal. Schon wenn ein Mensch sich auf fünfhundert Meter nähert, steigt bei den Lachmöwen die Herzfrequenz. Über Vogelzug gibt es genug Daten.«

Er sah durchs Fernglas Richtung Neuwerk. »Was will der jetzt schon wieder«, murmelte er.

Jo sah auch durchs Glas. Eine Art Panzer hielt auf die Vogelinsel zu.

»Das ist Groot mit seinem Amphibienfahrzeug«, erklärte Georg. »Ein holländischer Bauingenieur. Er ist grad aus Syrien zurück, wo er irgendein Großprojekt geleitet hat. Ein unangenehmer Typ, jovial und laut. Früher mal hat er für die Hamburgische Hafenbaubehörde gearbeitet, als sie den Tiefseewasserhafen hier vor Scharhörn planten.«

»Einen Hafen hier draußen?«

»Ja, kaum zu glauben, nicht? Die natürliche Wassertiefe beträgt hier draußen mehr als dreizehn Meter, soviel, wie die Übersee-Container brauchen. Und das Watt hier wird selten überspült. Es eignet sich hervorragend als Hafengelände. In den siebziger Jahren hat Hamburg bereits über sechzig Millionen Mark in das Projekt investiert. Große Hafenanlagen, Industrieansiedlung im Watt, sogar eine Bahn vom Festland herüber waren vorgesehen.«

»Und die Pläne hat man aufgegeben?« fragte Jo.

Georg zuckte die Achseln. »Offiziell ja. Aber die Hamburger waren immer Piraten ... Und dies ist und bleibt Hamburger Staatsgebiet.«

Jo wollte weiter fragen, aber Georg unterbrach sie.

»Hörst du das? Es ist wie ein Flüstern. Millionen von Luftbläschen, die aus dem Watt kommen, weil das Grundwasser steigt. Wir sagen ›das Watt singt‹. Ein Warnzeichen, daß die Flut kommt. Du mußt jetzt unbedingt los.«

Sie umarmten einander. Es war eine von den Umarmungen, die betont schüchtern ausfallen, weil eine Nähe entstanden ist, die sich noch nicht ausdrücken läßt. Jo schritt schnell aus. Sie vermied es, sich umzudrehen. Sie wußte, er würde ihr nachsehen.

In etwa zweihundert Metern Entfernung fuhr das Amphibienfahrzeug an ihr vorbei. Der Mann darin winkte ihr zu.

9

Georg bog auf den kleinen Pfad hinter den Dünen ein. Er hatte diesmal noch weniger Lust als sonst, mit dem Ingenieur zu reden. Kaum war er bei der Hütte, hörte er einen »Ahoi!«-Ruf. Groot war also gelandet. Und benahm sich wie ein Eroberer, der fremden Boden betritt.

Gegen Groot konnte man einfach nichts ausrichten. Er würde sein Leben lang überall mit Ahoirufen landen und Grillpartys auf Vogelinseln veranstalten. Nur die Langeweile, die ihn spätestens nach dem Grillen befiel, konnte ihn wieder vertreiben. Hinterher durfte Georg dann die Kronkorken und Plastikpfropfen der Sektflaschen vom Strand sammeln.

»Hallo«, schrie der Mann jetzt und meinte offensichtlich ihn, da niemand anders zugegen war. »Warten Sie doch mal einen Moment.«

Georg stellte sich taub. Der Kormoran und die Eiderente, die er in einem selbstgebauten Drahtkäfig hielt, um sie gesund zu pflegen, gerieten außer Rand und Band wegen des Lärms. ›Schwarz‹ und ›Weiß‹ hatte Georg sie getauft. Er hatte sie am Strand gefunden, die Federn verklebt mit Ölklümpchen. Das ganz normale Öl, an das sich alle gewöhnt hatten.

»Hallo, Mister Vogelwart.« Groot kam schnaufend die Düne hoch. »Seien Sie doch nicht immer so zugeknöpft.«

Georg antwortete nicht. Er wußte, daß es Groot als erfolgreicher Ingenieur gewohnt war, mit Respekt behandelt zu werden.

»Na, Herr Vogelwart, Sie blicken so finster. Wissen Sie, das gefällt mir an Ihnen. Ich habe in meinem Leben noch niemanden kennengelernt, der drei Monate hintereinander so finster blicken kann. Sie sind mir sympathisch.«

»Was wollen Sie?« fragte Georg. »Sie sehen, ich bin beschäftigt.« Ihm ging sogar der holländische Akzent des Mannes auf die Nerven.

Groot lachte. »Ja, ich sehe. Ihre ganz private Piep-Show. Ich hoffe, Sie schaffen Ihre Arbeit heute trotz meines Besuches.«

Er holte sich ein Zigarillo aus der Jackentasche und drehte es zwischen den Fingern. »Wollen Sie auch eines? Beste Qualität, mein Junge. Das bekommen Sie nicht alle Tage.«

Georg winkte ab.

»Na schön, wie Sie wollen. Zu der Dame da eben waren Sie wohl nicht so kühl. Wer ist denn die Holde?«

Georg schwieg.

»Wer schweigt, hat was zu verbergen.« Groot hob die Schultern und spuckte aus.

»Ich würde gern mal einen Blick aus Ihrer Hütte werfen. Man muß eine schöne Aussicht haben von dort oben.«

»Da sehen Sie viel mehr vom Neuwerker Turm aus.«

»Nein, nein. Ich meine den Blick nach Westen. Von hier aus können Sie doch sicher bis hinters Scharhörnriff sehen.«

»Also meinetwegen«, sagte Georg.

Sie stiegen die Holztreppe hoch. Die zwei Teetassen standen noch auf dem Tisch.

»Aha, tea for two?« meinte Groot augenzwinkernd.

Georg rückte ärgerlich den Stuhl, auf dem Jo gesessen hatte, zur Seite.

»Hier können Sie rausgucken. Der Blick geht nach Westen hinaus.« Er beobachtete den Holländer scharf, denn er hatte das Gefühl, Groot wolle sich aus irgendeinem Grund nur in seiner Hütte umsehen.

»Ah ja«, sagte der und trat ans Fenster. »Der Blick ist doch nicht so gut, wie ich es mir vorgestellt hatte. Sie bekommen nicht alles mit, was auf der Insel passiert, nicht wahr? Zum Beispiel können Sie nicht über die Düne hinübersehen von hier aus. Wenn mal jemand aus der Richtung kommt, müßte er Ihnen eigentlich verborgen bleiben.«

»Wieso sollte jemand aus der Richtung kommen? Da gibt's die Robbenplate, das Scharhörnloch und die Mahlsände mit den Wrackresten. Weit und breit nichts als Sände und Priele, die könnte man gerade mal mit einem Boot befahren. Ein größeres Schiff hat da draußen nichts verloren.«

»Sagen Sie, ist Ihnen eigentlich irgendwann etwas aufgefallen hier? Sind hier mal Fremde aufgetaucht?«

»Nicht daß ich wüßte. Der Trupp vom Hamburger Bauamt, Sie natürlich, wie immer unvermeidlich, und die paar Kurgäste. Wieso überhaupt?«

»Nur so. Ich wollt's einfach wissen. Vielen Dank. Und nichts für ungut. Und grüßen Sie die Kleine.«

Groot stieg die Leiter hinab, schwenkte sein Zigarillo und verschwand in Richtung Amphibienauto.

Armer Kerl, dachte Georg. Irgendwie machte er trotz seiner Jovialität einen gehetzten Eindruck. So, als wolle er im Wettrennen des Lebens immer ganz vorn liegen.

10

In der Turmschenke war es voll. Jo wurde mit Hallo begrüßt. Seit dem gestrigen Abend schien jeder sie zu kennen.

Sie bestellte einen Tee bei einer jungen Frau, die hinter der Theke stand und Bier zapfte.

»Mit Rum?« fragte sie lächelnd.

»Nein danke«, sagte Jo und lächelte zurück.

»Setzen Sie sich zu uns.« Kuleska winkte sie an seinen Tisch.

Offenbar hatten sich Kurgäste und Einheimische hier versammelt, um die neuesten Nachrichten über die Tote zu hören. Mit dem Wattwagen würde auch die Abendzeitung eintreffen, und vielleicht gab es Neuigkeiten. Möbius' Vetter war bei der Kripo. Aber niemand sprach direkt über die Frau.

Neben Kuleska saß ein dünner, braungebrannter älterer Mann in einem blauen Trainingsanzug mit DLRG-Abzeichen und einer weißen Kapitänsmütze mit goldenem Steuerrad als Emblem. Bei ihm saßen eine dicke Frau und ein kleines Mädchen, Frau und Enkelin, dachte Jo.

»Wenn der an die Börse geht, kriegt er für jeden Stein einen Blauen«, sagte der Mann.

Die anderen am Tisch nickten stumm, Jo verstand nicht, um was es ging.

»Und ich sag noch, da liegt immer so ein Boot, und ich denk noch, was macht der da. Fischt doch keine Krabben. Siebenhundertundvierzig Gramm! Ein Bengel von einem Bernstein.«

Keiner schien ihm zuzuhören, nur die Enkeltochter sah ihn aus ihren blauen Augen durch dicke Brillengläser an.

»So'n Oschi. So wie mein Größter.«

Er versank in Schweigen und trank sein Bier. Dann rief er der Bedienung zu: »Noch mal dito.«

»Heut war es zu kalt zum Suchen«, sagte ein anderer.

»Zu kalt gibt das gar nicht. Hauptsache, über die Nieren bist du warm.«

Der Mann im Trainingsanzug wurde wieder munter. »Wie war das? Was uns nicht tot macht, macht uns nur noch härter. Flink wie Windhunde, hart wie Kruppstahl, Prost.«

Mitten in die folgende Pause hinein sagte seine dicke Frau: »Das läßt auch mal nach.«

Er schien sich zu ärgern.

Jo trank ihren Tee.

»Haben Sie heut zufällig meine Frau gesehen?« fragte Kuleska. Sie schüttelte den Kopf.

Er hob die Hände. »Ich sehe sie kaum noch. Sie sitzt nur noch im Sattel. Jedesmal diese Unruhe vor der Taufzeremonie, schrecklich!«

»Was für eine Taufzeremonie?«

»Haben Sie mal was von Jean de Labadie und Anna Maria von Schurmann gehört? Nein, natürlich nicht. Aber Labadisten gab es auch in Amerika. An der Chesapeake Bay, in Maryland, Ihrem Nachbarstaat.

Die Labadisten waren eine Sekte im 17. Jahrhundert, ursprünglich Jesuiten. Sie strebten nach einem klösterlichen Lebensideal mit Gütergemeinschaft und leugneten die päpstliche Unfehlbarkeit. Das hat ihnen viel Ärger eingebracht. Sie wurden als Ketzer verfolgt.« Er richtete sich auf. »Meine Frau ist Labadistin.«

»Jean de Labadie?« Wo war ihr Notizbuch wieder. Sie fand es in der hinteren Hosentasche.

»Und haben Sie sich den ›Friedhof der Namenlosen‹ angesehen?«

»Noch nicht. Wegen der Toten gestern.«

»Ein Grund mehr, den Friedhof zu besuchen. Den gibt's genauso lange, wie der Turm hier steht. Er wird ›Friedhof der Namenlosen‹ genannt, weil dort nur Leichen bestattet sind, die das Meer antrieb.«

Eigentlich hätte man die Frau hierlassen sollen, dachte Jo.

In einer der Nischen zwischen den wuchtigen Wänden des Turms saßen zwei Männer, die sich durch ihre sorgfältige Kleidung von den Inselgästen abhoben. Jo versuchte, Gesprächsfetzen aufzufangen, aber an ihrem Tisch wurde es immer lauter.

»Wie stirbt eine Gehirnzelle bei den Ostfriesen?«

In die Stille, die nach der Frage entstand, hörte sie einen der beiden Männer sagen:

»Sie müssen sich beeilen. Schließlich steht und fällt das Ganze mit Ihren Ergebnissen...«

Dann sagte jemand: »Einsam.« Dröhnendes Gelächter.

»Dieser Humor ist mir fremd«, dachte Jo.

Auf dem Weg zur Toilette kam sie dicht an den beiden vorbei. Sie spürte, wie der eine ihr nachblickte. Es konnte der Typ vom Amphibienfahrzeug sein. Wahrscheinlich glotzte er jeder Frau hinterher.

Als sie an den Tisch zurückkam, fragte sie Kuleska: »Kennen Sie die beiden?«

Er beugte sich vor. »Der eine ist der holländische Bauingenieur. Groot heißt er. Den andern kenn ich nicht. Vielleicht ein Gast aus der ›Herrenetage‹.«

Jo blickte ihn fragend an.

»Die obere Wohnung im Turm. Sie ist für Gäste des Hamburger Senats eingerichtet.«

Durch die offene Tür drang das Getrappel von Pferdehufen. »Sie kommen«, hieß es, und ein allgemeiner Aufbruch begann. Im Geviert des Hofes standen fünf gelbe, hochrädrige Kutschen. In einigen saßen in Wolldecken vermummte Gestalten, der Kurbetrieb war bereits in Gang. Jo erkannte einen der Polizisten von gestern. Sie hörte, wie er Sanftleben nach Marcel fragte. Offenbar sollte er noch einmal vernommen werden.

Sie kaufte eine Zeitung und schlug die Lokalmeldungen auf. Da stand es. Der Obduktionsbefund hatte ergeben, daß die Frau in den Stunden vor dem Tod unter Alkoholeinfluß gestanden hatte, der Tod trat durch Ertrinken ein.

Wie bei dem Mädchen vor ein paar Tagen, dachte Jo. Abgedruckt war außerdem eine genaue Beschreibung der Frau. Offenbar wußte man immer noch nicht, um wen es sich handelte.

Auch viele andere vor dem Kiosk studierten das Blatt. Ein paar Namen fielen. Einer wollte die Frau in einer Bar gesehen haben.

Zeit zu gehen, dachte Jo. Sie verabschiedete sich von Kuleska, der auch eine Zeitung in der Hand hielt. Er wirkte nervös und sah blaß aus.

»Ist Ihnen nicht gut?« Jo berührte seinen Ellenbogen. »Hören Sie, Herr Kuleska. Brauchen Sie irgendwas?«

Er schüttelte den Kopf und starrte weiter vor sich hin. Er hatte die Seite mit dem Obduktionsbericht aufgeschlagen. Hatte das, was da stand, ihn so in Schrecken versetzt?

»Gehen Sie, gehen Sie«, sagte er. »Lassen Sie mich allein.«

Als Jo durch das kleine, weißgestrichene Holztor am Friedhofseingang trat, flog eine Taube mit lautem Flügelklatschen davon. Das Gräberfeld war ein flacher Hügel, eine Insel auf der Insel, von einem versumpften Bach und krüppeligen Eiben umgeben. In der Mitte ragte ein hohes Holzkreuz auf, in das die Jahreszahl 1319 eingeritzt war. Darunter, in einem Rettungsring aus Metall, war eine Gedenkplatte befestigt. Sie las die ersten Zeilen:

Heimatlos, wie weh das klingt.
Namenlos ins Grab gesenkt.

Es gab etwa zwanzig kleine Holzkreuze, grau vom Regen und vom Alter. Nur ein einziges war beschriftet. Sie trat näher, um es zu entziffern: *Gekentert am 27./28. Mai 1953 mit seiner Jacht ›Anna Maria‹ aus Altona…*

»Es muß eine stürmische Nacht gewesen sein«, sagte plötzlich jemand direkt hinter ihr.

Jo fuhr herum. Frau Kuleska, in Reithosen und Stiefeln.

»Sie haben mir ja einen Schreck eingejagt! Ich habe Sie nicht kommen hören.«

Die Frau lachte. Die Situation schien sie zu amüsieren.

»Sie müssen sich langweilen auf der Insel.«

Jo schüttelte den Kopf. »Nein, ganz und gar nicht. Ich genieße die Ruhe.«

»Ruhe?« Die Frau verzog den Mund, als wolle sie etwas Abfälliges sagen, unterließ es dann aber.

»Dann will ich Sie lieber nicht weiter stören.« Sie wandte sich ab und knallte mit dem Peitschenstock gegen den Stiefel.

Bevor Jo etwas erwidern konnte, war sie durch die Pforte hinaus. Wenig später ritt sie fort und riß dabei den Arm empor wie zum Gruß. Ihr langer, schwarzer Pferdeschwanz flog in die Höhe.

Sie reitet waghalsig, dachte Jo. Was sollte der merkwürdige Auftritt? Oder habe ich sie beim Eintreten nicht bemerkt? Vielleicht sollte ich mich über den Labadismus informieren. Ich werde Oz anrufen.

Oz war im vergangenen Jahr Gastprofessor an ihrem German Department gewesen. Sie kannte niemanden, der belesener war als er.

Kurz nach sechs stand sie in der Telefonzelle am Turm. Oz lehrte zur Zeit an der Universität in Hamburg. Ein ewiger Gastprofessor und richtiger Zugvogel. Sie hatten während seines letzten Amerikajahres fast eine Affäre gehabt, es dann jedoch vorgezogen, sich anzufreunden. Er war gleich am Apparat.

»Hello, Oz? Here's Jo. How is it going?«

Er liebte es, englisch zu sprechen. Darin war er genau wie all die deutschen Gastprofessoren, die gerne mit ihren Sprachkenntnissen glänzten.

»Are you in town?« fragte Oscar. Jo erklärte ihm, wo sie war, was auf Neuwerk passiert war und daß sie dringend Bücher über einen gewissen Jean de Labadie bräuchte. »Ever heard about him?«

Er lachte siegesgewiß. »Komm her. Ich werde dir ein Privatissimum über die Labadisten halten. Du kannst bei mir wohnen. No problem.«

»Ich kann jetzt nicht hier weg, wirklich nicht, Oz.«

»Schade«, meinte er. Er schien immer noch in Jo verliebt oder kokettierte zumindest damit. »Dann werde ich dir ein paar Bücher mit der Post schicken. Aber komm auf jeden Fall vorbei, bevor du die Gegend verläßt. We've got a lot to talk about.«

»Okie dokie. I'll see you sometime soon.« Sie hängte ein. Vor der Zelle hatte sich inzwischen eine kleine Schlange gebildet. Die Tür ließ sich nicht ganz schließen. Hatten alle ihr Telefonat – auch ihre Schilderungen über die Insulaner, über die tote Frau – mit angehört?

Zurück am Zelt sah sie einen Polizeibeamten an Marcels Wohnwagen klopfen. Niemand öffnete. Schlafen konnte sie noch nicht. Sie stieg wieder den Deich hinauf, ging weiter, bis ins Vorland. Ohne daß sie darauf geachtet hätte, fand sie sich plötzlich auf dem Weg zum Siel hinaus. Noch immer lag die tote Brandgans mit den ausgelaufenen Augen dort.

Mitten in der Nacht wachte sie auf. Im ersten Augenblick wußte sie nicht, wo sie war. Sie hatte etwas geträumt, ein Wort, das ihr zäh und unaufhörlich durch den Kopf gegangen war. Ein Wort wie Rumpelstilzchen. Ach wie gut, daß niemand weiß... Sie war nicht in Amerika. Sie lag auf der Isomatte im Zelt. Allmählich kamen die Dinge in ihrem Kopf wieder in Ordnung. Das Dreieck des Eingangs hob sich gegen die schwarze Apfelsinenkiste ab, die ihr als Tisch und Schrank diente. Sie setzte sich auf. Es stürmte immer noch.

Was war das für ein Geräusch? Draußen, nicht weit vom Zelt. Sie horchte eine Weile. Nichts ließ sich vernehmen außer dem Heulen des Windes und dem Knallen der Zeltwände. Wie aggressiv die Natur hier war!

Sie fror und legte sich in den Schlafsack zurück. Was Ralph jetzt wohl machte? Sieben Stunden Zeitunterschied. Sie schloß die Augen und versuchte, sich sein Gesicht vorzustellen. Es gelang ihr nicht. Statt dessen sah sie den Kopf der toten Frau wieder vor sich.

Da war es wieder, in einer kurzen Pause zwischen zwei Böen. Ein leises, klickendes Geräusch. Als wenn jemand ein Messer oder ein kleines Scharnier zuschnappen ließ. Ihr Herz klopfte.

Es mußte ganz nah am Zelt sein. Sie lag stocksteif und wagte kaum zu atmen. Ein Schatten lag über der schwach von der Hofbeleuchtung erhellten Zeltwand. Oder bildete sie sich das nur ein?

Wenn sie wenigstens Tränengas hätte! In Amerika wäre sie vorsichtiger gewesen, hätte nicht so ungeschützt gezeltet. In ihrer Wohnung stand immer eine Dose mit ›mace‹. Aber hier – man hatte ihr versichert, es sei unnötig, sich zu bewaffnen. Georgs Kommentar: »Ihr Amerikaner erschießt euch doch nur gegenseitig, weil jeder eine Waffe im Haus hat.«

Am besten, sie begab sich in die Mitte des Zelts und verhielt sich ruhig. Sie robbte sich mit dem Schlafsack in die Mitte und stieß gegen den Teetopf am Ende der Matte. Es schepperte überlaut. Sie horchte mit angehaltenem Atem. Aber sie hörte nur das Lärmen der Natur. Sie versuchte, die Uhrzeit vom Wekker abzulesen. Halb fünf. Noch eine Ewigkeit, bis es hell wurde.

Plötzlich fielen ihr alle möglichen Schauergeschichten wieder ein. Die beiden Italiener, die sie auf ihrer Reise in Schottland getroffen hatte. In Liverpool war eine Bande von Lederjackentypen in ihr Zelt eingedrungen und hatte sie hinausgeprügelt. Und das holländische Ehepaar, von dem sie gerade gelesen hatte; sie hatten in der Einsamkeit von Lappland gezeltet. Und waren durch die Zeltwand hindurch erstochen worden.

Sie sah wieder auf die Uhr. Gerade zwei Minuten waren vergangen. Sie war jetzt hellwach. All ihre Sinne schienen aufs Hören gerichtet. Die Schreie der Seevögel draußen am Watt. Der Wind in den Bäumen. Als die Zeiger auf Viertel vor fünf standen, beschloß sie, hinauszusehen.

So leise wie möglich zog sie den Reißverschluß der Zeltwand hoch und setzte die Hände nach draußen. Das Gras war feucht.

Sie kroch hinaus und blieb gebückt sitzen. Sie konnte nichts erkennen. Dann richtete sie sich vorsichtig auf, blickte über den Zeltfirst auf die andere Seite. Sie erschrak. Hinten an dem einzelnen Baum – stand dort nicht jemand? Regungslos starrte sie in die Richtung. Eine Ewigkeit schien zu vergehen.

Das Blut rauschte in ihren Ohren. Dann war nichts mehr zu hören außer dem Wind und dem Rauschen der Brandung hinter dem Deich.

11

An Schlaf war nicht mehr zu denken. Fröstelnd setzte Jo Wasser auf für einen Tee. Sie schwor sich, die nächste Nacht in der Pension zu verbringen.

Es regnete in dünnen Fäden. Das Land des ewigen November, wie Ralph es prophezeit hatte.

Kuleska hatte ihr von den Kirchen in der Nähe von Cuxhaven vorgeschwärmt. Es war der richtige Tag für einen Ausflug. Noch etwa zwei Stunden bis Niedrigwasser. Dann könnte sie in einer halben Stunde mit dem Wattwagen losfahren und hätte den ganzen Tag Zeit.

Sie packte ihren Rucksack und ging zur Abfahrtsstelle beim Turm.

»Sie wollen uns schon wieder verlassen?« Möbius, wetterfest angezogen in Ölzeug und Wollmütze, stand neben seinen Pferden auf dem Turmvorplatz und legte ihnen das Zaumzeug an.

»Nur einen Ausflug machen.«

Sie stieg auf den Wagen. Der Hund lag in der Mitte der Sitzbank und rollte mit den Augen, als sie sich setzte.

Nur wenige hundert Meter ins Watt hinaus tauchte das Amphibienfahrzeug auf. Wie ein Fliegender Holländer schien der Ingenieur überall herumzukurven. Er kam auf sie zu. Möbius hielt an. Groot hatte die Kapuze seines grünen Parkas tief ins Gesicht gezogen, er winkte und kletterte von seinem Fahrzeug herunter. Möbius stieg ebenfalls ab, und sie standen eine Weile beieinander. Möbius hob immer wieder beschwörend die Hände. Sie schienen sich gut zu kennen.

Jo stieg aus. Es interessierte sie, was die beiden miteinander zu bereden hatten. Vielleicht konnte sie etwas über die ›Herrenetage‹ herausfinden.

»Guten Tag, Herr Groot.«

Er wußte offenbar nicht, woher er sie kennen sollte.

»Die Amerikanerin«, stellte Möbius sie vor. »Sie hat zusammen mit dem Vogelwart die Leiche gefunden.«

Groot wirkte überrascht, oder er verstellte sich perfekt.

»Darf ich fragen, gnädiges Fraulein, was Sie auf der Insel machen? Doch nicht etwa Urlaub?«

Jo ärgerte sich. Allein, wie er ›Fraulein‹ sagte. Mit amerikanischem Akzent. Doch sie zog die Krallen ein und sagte so freundlich wie möglich: »Ich sammle Sagen der Gegend, Legenden, seltsame Begebenheiten. Geschichten vom Grauen Mann und ähnliches.«

»Und Leichen«, sagte Groot.

Jo ignorierte den Einwurf. »Darf ich fragen, wer der Herr war, mit dem Sie gestern zusammensaßen?«

Im ersten Augenblick wirkte er überrascht. »Wieso interessiert Sie das? Aber ich kann es Ihnen gerne sagen.« Dann schwieg er.

»Ich möchte wissen, ob er ein Lieferant für Geschichten sein könnte«, sagte Jo.

»Das glaube ich kaum. Ein Hamburger Geschäftsmann, ein Bekannter von mir. Sie können mich ja mal besuchen, wenn Sie mehr wissen wollen. Auf meiner Jacht.« Er lachte und holte sein Etui mit Zigarillos hervor. Er hielt es beiden hin. Möbius aber wollte weiter. Sie trennten sich. Groot rief noch: »Schöne Grüße an den Vögelwart.«

»Blöder Idiot.«

Möbius sah sie überrascht an. »Nun mal langsam, min Deern«, sagte er. »Leben und leben lassen.«

Jo zog es vor zu schweigen.

Herr Kuleska hatte nicht zuviel versprochen. Die Kirche in dem kleinen Dorf hinterm Deich war eine seltsame Mischung aus Schiff und Bauernkirche. Auf einer Wurt, einem künstlichen Hügel, gelegen, überragte sie die Häuser der Marsch. Sie erinnerte an die Kirche auf Nantucket, aus Melvilles *Moby Dick*, fand sie.

Die Mauern waren so dick wie die des Neuwerker Turms, und die Kanzel glich der Kommandobrücke eines Schiffs. An ihrem Bug prangte sogar eine Galionsfigur. Alte Segelschiffmodelle hingen von der Decke herab, und draußen vor den hohen Fenstern zogen die Wolkenmeere vorbei. Niemand war zu sehen, und Jo kletterte auf die Kanzel. Etwas zaghaft begann sie:

»Beloved shipmates!« Dann, lauter und sicherer: »And God had prepared a great fish to swallow up Jonah.«

Eine Tür knarrte. Jo hielt erschrocken inne. Es wäre ihr unangenehm, hier oben gesehen zu werden. Wie sollte sie erklären, daß sie aus purem Heimweh hier heraufgestiegen war?

In der Hoffnung, nicht bemerkt zu werden, kniete sie in der Kanzel nieder. Durch das Schnitzwerk sah sie jemanden in schwarzer Kleidung näherkommen. Ach du lieber Himmel, auch noch der Pfarrer. Sie wagte kaum zu atmen.

In ihrer Anspannung nahm sie Einzelheiten genauer wahr als vorher: die bunt bemalte Holzdecke, in der sich Phantasiegeschöpfe tummelten, neckische blaue Feengesichter mit den Haaren einer Medusa Gorgo, pausbäckige Engel mit üppigen Brüsten. Direkt über ihr ein rosafarbener Pelikan, der sich mit seinem Schnabel die Brust aufriß, um den Jungen seine Eingeweide zum Fraß anzubieten, und überall dazwischen das Kreuz. Was für eine Mischung aus Glauben und Aberglauben!

Der Mann mußte jetzt fast direkt unter der Kanzel stehen. In dem Ausschnitt, den sie übersehen konnte, blickte sie auf zwei schwarze Hosenbeine und große Schuhe. Hatte er sie bemerkt? Jetzt machte er einen Schritt nach vorn auf die Wand zu. Ihr blieb der Atem stehen: Dieses talgig weiße Gesicht und das schwarzgewellte, fettige Haar waren ihr nur zu bekannt! Marcel! Er blickte nicht direkt zu ihr hoch, sondern auf einen Gegenstand, der sich an der Wand schräg unter ihr befinden mußte.

Was machte er in der Kirche? Hatte er sie hierher verfolgt? Wollte er sich verstecken? Ihr fiel ein, was sie in alten Geschichtsbüchern über Deutschland gelesen hatte. Kirchen gewährten Asyl. Ein Verbrecher, der den Schutz Gottes suchte, durfte nicht einfach ausgeliefert werden. Galt das noch immer?

In diesem Augenblick kniete er nieder und bekreuzigte sich. Sie sah, wie er einen blinkenden Gegenstand aus seiner Jackentasche zog und ihn auf den kleinen Altar legte. Er beugte sich darüber und küßte ihn. Jo hörte das Geräusch der schmatzenden Lippen. Schließlich erhob er sich und verschwand aus ihrem Blickfeld. Kurz darauf hörte sie die Kirchentür zuschlagen.

Sie atmete auf, stieg zögernd die Treppe von der Kanzel herab. Neugierig ging sie in die Ecke, wo er gekniet hatte. In einer Bodenvase ein großer Bauernstrauß mit weißen Päonien. Dahinter eine kleine Statue: Jacobus, der der Kirche seinen Namen gegeben hatte. Jacobus, der Donnersohn. Mit der Bibel war sie vertraut. Das war vielleicht das Gute an einer Kindheit im *biblebelt*, jenen Südstaaten der USA, wo bigotte Frömmigkeit den Alltag immer noch prägt. Der hölzerne Jacobus trug ein rotes Pilgerkleid und eine schwarze Mütze auf den langen Locken. In der Hand hielt er eine große, fächerartige Muschel. Sie war echt. Wie eine jener Schalen, denen einst Aphrodite entstiegen war. *Venus on the half-shell*, wie Ralph respektlos zu sagen pflegte.

Hatte Marcel vor dieser Figur gekniet? Sie ging näher. Auf dem Podest unter der Statue lag ein goldenes Kettchen. Es gehörte offensichtlich nicht hierher. Ein Anhänger war daran, eine kleine Jakobsmuschel aus Elfenbein. Das Schmuckstück mußte Marcel hierhergelegt haben.

Sie spürte, daß sie zu zittern begann vor Aufregung. Sie wußte nicht, warum, aber sie hatte das vage Gefühl, ein Geheimnis gestreift zu haben.

Am Ausgang der Kirche lagen in einem Holzständer Informationsbroschüren. Jo nahm eine in die Hand. Auf die besonders schöne Arp-Schnittger-Orgel wurde hingewiesen, auf die Familienlogen und auf die alten Deckenmalereien aus dem 14. Jahrhundert. Auch über Jacobus fand sich ein kleiner Abschnitt:

Die Pilger des Mittelalters, die von der Pfalz des großen Karls zur Basilika des heiligen Jacobus in Santiago de Campostela pilgerten, steckten sich als Symbol der Gottesfurcht und zum Ausweis rechtschaffenster Absicht die feingerippte Jakobsmuschel an den Hut. So glaubten sie sich nicht nur gegen Wind und Wetter geschützt, sondern auch vor Händeln mit Wegelagerern, Mord und Totschlag.

Sie trat hinaus und schloß die schwere Eichentür hinter sich. Während sie sich auf den Rückweg machte, überlegte sie, wo sie sich auch so eine Muschel besorgen konnte.

12

Sie fuhr mit dem Inselschiff zurück. Am Kiosk hatte sie zwei Zeitungen gekauft und setzte sich damit in den kleinen Salon unter Deck. Bei dem Mann hinter der Theke bestellte sie einen Tee mit Rum. Das hätte sie früher nie getan.

Die kurze Notiz im Regionalblatt berührte sie wie eine persönliche Mitteilung: »Bei der vor zwei Tagen im Vorland von Neuwerk gefundenen Toten handelt es sich um die Frau eines bekannten Hamburger Industriellen. Die Polizei geht davon aus, daß sie durch einen Unfall ums Leben kam.«

Im Bullauge schwebte ein Schriftzug vorbei wie ein Untertitel in einem Fernsehfilm: »Sailors, keep the sea clean.« Die Buchstaben waren mit gelber Farbe auf ein Seezeichen gesprüht, auf die alte Kugelbake vor Cuxhaven. Der Kellner brachte ihren Tee und verschwand nach draußen. In hohem Tempo fuhren fünf schnittige Boote vorüber, ein großes, dem vier kleine folgten, in gleichmäßigem Abstand. Sie fuhren so schnell, daß sie schräg auf der Bugwelle zu reiten schienen. Als sie vorbei waren, konnte sie am Heck lesen: Wasserschutzpolizei Hamburg.

»Die können wohl nicht schnell genug nach St. Pauli kommen.«

Ein älterer Mann in rotem Shetlandpullover und Jeans, der schräg von ihr in einer Bank saß, lächelte ihr freundlich zu. Er hatte eine kleine Flasche Sekt vor sich stehen und schenkte auch seinem Dackel etwas davon auf eine Untertasse ein. Jo vertiefte sich in die Zeitung.

Als sie wieder hochsah, tauchten vor dem Fenster Pfähle mit Reisigbündeln auf. Es mußte die Markierung der Fahrrinne zur Insel sein, sie hatte gar nicht bemerkt, wie schnell die Zeit vergangen war.

»Komm, Lila, wir müssen uns anziehen«, sagte der Hundebesitzer und nahm eine große Plastiktüte von der Bank. Es klirrte, als habe er mehrere Flaschen darin verstaut. Etwas schuldbewußt blickte er in Jos Richtung.

»Meine Medizin«, sagte er. »Der Arzt wollte mir ein Medikament für den Kreislauf verschreiben, da trink ich doch lieber meinen Schampus. Was wir nicht trinken, das vertrinken unsere Erben, stimmt's?«

Sie lachte.

Im Zelt war es ungemütlich und klamm. Sie zog sich einen zweiten Pullover über, zündete eine Kerze an, setzte Teewasser auf und nahm sich die überregionale Zeitung vor. Hier war die Tote aus dem Vorland keine Zeile mehr wert. Dafür nahm eine andere Geschichte breiten Raum ein: An den Stränden der ostfriesischen Inseln Wangerooge und Juist hatte Greenpeace bei Probeuntersuchungen im Watt radioaktiv belasteten Sand gefunden, wenn auch nur in geringen Mengen. Möglicherweise seien noch andere Teile der Küste verseucht. Die Strände in Juist und Wangerooge seien zunächst für den Publikumsverkehr gesperrt. Die Suche nach der Strahlenquelle erweise sich als außerordentlich schwierig.

Sie ließ die Zeitung sinken. Nichts als Schreckensmeldungen. Ob auch die Wattengebiete um Neuwerk und Scharhörn davon betroffen waren? Sie blies die Kerze aus und stellte den Kocher wieder ab. Jetzt wollte sie mehr wissen. Sie schlüpfte in ihren grauen Regenponcho und ging Richtung Turm. Auf der

Treppe zur Schenke sah sie den Hundebesitzer vom Schiff, der sich mit Flick vorgestellt hatte. Er hatte eine gelbe Regenjacke an, und auch Lila trug ein kleines Cape. Sie sah darin aus wie eine Plastikwurst.

Die Kneipe war wieder voll. Alle redeten laut durcheinander. Anscheinend waren heute morgen zwei Leute von Greenpeace mit einem Geigerzähler auf die Insel gekommen. Das ganze Watt um die Inseln herum sei schwach mit radioaktivem Material kontaminiert, sogar noch stärker als auf Juist und Wangerooge. Dies mußte bedeuten, daß die Quelle sich in der Nähe von Neuwerk befand. Die wildesten Vermutungen machten die Runde.

»Ich wette, es hat was mit den Hamburgern zu tun. So schnell war die Hafenpolizei noch nie hier. Die reden doch seit Monaten davon, daß ihr hochgiftiger Hafenschlamm irgendwo hin müsse.«

»Quatsch. Die Stadt ist doch nicht so blöd und läßt sich auf einen Skandal ein. Das machen die ganz anders. Wenn es sich tatsächlich um Sondermüll handelt, dann stammt der von Privaten.«

Jo stellte sich an die Theke. »Einen Tee. Mit Rum, bitte.« Bin ich etwa schon süchtig nach diesem Getränk? dachte sie.

Fast alle Einheimischen schienen hier zu sein. Männer und Frauen saßen nach Tischen getrennt. Die junge Frau Fiss aus der Pension vom Campingplatz war da, Frau Sanftleben, die Kellnerin aus der ›Meereswoge‹ und Frau Kuleska. Sie schien das Wort zu führen, wenn auch mit gedämpfter Stimme.

Sie hat Charisma, dachte Jo. Aber was bringt diese Frauen zusammen? Die Leidenschaft für Pferde? Die Langeweile auf der Insel? Und wieso gab es keine Kinder in diesen Familien?

»Na, was sagen Sie denn zu dem Umweltskandal?« Kuleska trat hinter sie. Jo begrüßte ihn, wie man einen Verbündeten oder Mitwisser begrüßt.

»Es wäre eine Katastrophe bei dem bißchen Natur, das in Deutschland noch übrig ist. Ich habe gelesen, daß es hier keine zehn Quadratkilometer unbebauter Fläche am Stück mehr gibt. Das ist für uns Amerikaner eine Horrorvorstellung.«

»Recht haben Sie«, meinte Kuleska. »Ich hätte übrigens eine Ölkatastrophe für wahrscheinlicher gehalten. Ein Wunder, daß bei diesem Schiffsverkehr in der engen Fahrrinne noch nichts passiert ist.«

Herr Sanftleben, rotgesichtig und strahlend, näherte sich mit einem randvollen Glas Vogelbeerschnaps.

»Prost!« Er kippte es auf einen Zug hinunter. Aus den Augenwinkeln konnte Jo verfolgen, wie seine Frau resigniert den Kopf über ihn schüttelte. Dann sagte er:

»Stand ja grad in der Zeitung drin, daß die Elbe noch um zwei Meter vertieft werden soll, damit in Zukunft auch die Supertanker bis nach Hamburg durchfahren können.«

»Die Ausbaggerung wird aber nicht genehmigt werden.« Jo drehte sich um. Es war Rüsch. Sie mochte ihn nicht. Plötzlich fand sich Jo von lauter Männern umringt. Die Kuleska schien es zu bemerken. Sie schenkte Jo ein ironisches Lächeln.

»Nee, die Ausbaggerung wird nichts«, sagte ein junger Mann, den Jo noch nie gesehen hatte. »Das lassen die Niedersachsen nicht mehr zu. Dazu ist die Umweltfraktion zu stark geworden. Die neue Ministerin in Hannover hat Haare auf den Zähnen.«

In solchen Situationen spürte sie deutlich, wie fremd sie hier war. Sie wollte etwas fragen, aber Rüsch sagte in aggressivem Tonfall:

»Ach, was heißt denn Umweltschutz! In Wirklichkeit spekulieren die in Hannover doch nur auf einen größeren Anteil vom Kuchen für sich selbst.«

»Vielleicht sieht man ja den Wahnsinn mit dem ständigen Wachstum langsam ein«, sagte der Junge noch einmal.

»Was reden denn Sie da für einen Mist!« Der Bernsteinsammler empörte sich. Wie immer trug er die weiße Kapitänsmütze und den Trainingsanzug, der um seine dünne, knochige Gestalt schlotterte.

»Hamburg kann sich doch nicht selbst das Wasser abgraben. Jetzt, wo der ganze Osten offensteht, wären sie doch schön blöd, wenn sie sich das Containergeschäft durch die Lappen gehen ließen.«

Nur allmählich verstand Jo die Zusammenhänge. Es ging um den ewigen Streit zwischen Hamburg und Niedersachsen um die Vormacht an der Elbe. Der Gedanke lag nahe, direkt an der Mündung einen Hafen zu bauen. Aber die Mündung der Elbe lag in einem anderen Bundesland. Aus Furcht vor Niedersachsens Konkurrenz hielten die Hamburger das alte Hafengebiet, das sie an der Elbmündung besaßen, unter Verschluß. Seit Jahrzehnten rotteten die Kaianlagen mit der Güterzugverbindung vor sich hin. Erst als Niedersachsen drohte, einen ganz neuen Hafen zu bauen, und Gelder dafür locker machte, lenkte Hamburg plötzlich ein. Wenn sie es richtig begriffen hatte.

»Hat Hamburg nicht sein umstrittenes Amerikahafengebiet an Niedersachsen abgetreten?« fragte sie. »Dann können die Niedersachsen doch ihren Hafen jetzt erweitern und brauchen nicht neu zu bauen!«

»Sie haben sich gut informiert, Fräulein Jo.« Herr Kuleska versuchte, sich in die Unterhaltung einzuschalten, aber Möbius schnitt ihm das Wort ab.

»Das ist richtig. Bloß haben die Hamburger eine Klausel eingebaut: Zehn Jahre lang darf Cuxhaven kein Terminal für die Überseecontainer bauen. Damit schützt sich Hamburg vor der Konkurrenz. Nun überlegen Sie aber mal: Was ist, wenn diese zehn Jahre vorbei sind?«

»Genau«, rief jetzt Sanftleben dazwischen. »Wenn die zehn Jahre vorbei sind, kann Niedersachsen eben doch zu voller Form auflaufen! Und Hamburg kiekt in die Röhre!«

»Du glaubst doch nicht im Ernst, daß Hamburg nicht noch was in der Hinterhand hat«, sagte Rüsch. »Die lassen sich doch von Niedersachsen nicht das Geschäft vor der Nase wegschnappen!«

»Ach.« Sanftleben sah ihn an, inzwischen gar nicht mehr so sanft, dachte Jo. »Was du auch immer alles weißt.«

Sie zog den Finger durch das Wasser, das sich unter den tropfenden Biergläsern auf dem Tresen sammelte, und malte Schiffe und Wellenlinien damit.

Die Männer unterhielten sich lautstark weiter. Jo hatte das

Gefühl, daß sich der Kreis immer enger um sie schloß. Sie mußte plötzlich an die tote Frau denken, über die heute etwas in der Zeitung gestanden hatte. Warum sprach schon keiner mehr von ihr? Alkohol, hatte es geheißen. Zuviel getrunken, gestolpert. Von Bord gefallen vielleicht? Komisch, sie mußte doch um Hilfe gerufen haben, als sie im Wasser lag! War die Strömung so stark hier, daß sie in Sekunden fortgetrieben war?

Und vor gerade einer Woche das junge Mädchen. Auch sie war alkoholisiert im Watt ertrunken. Warum redete von ihr niemand mehr? Es kam ihr vor, als versuchten alle, dieses Schweigen mit besonders lauten Stimmen zu übertönen.

Am Tisch der Frauen hatte Herr Flick den Platz von Frau Sanftleben eingenommen. Er war der einzige Mann, der sich zu den Frauen gesetzt hatte. Neben ihm erkannte sie die Zimmerwirtin, bei der sie in der ersten Nacht auf dem Festland übernachtet hatte. Richtig, sie stammte ja auch von der Insel. Jo fiel ein, was sie zu ihrem Traum mit Hugin und Munin gesagt hatte: Der geht bestimmt in Erfüllung. In gewisser Weise hatte sie recht behalten. Jo war einer Leiche begegnet. ›Wenn man nur fest genug an etwas glaubt, dann kann man es herbeilocken‹, hatte schon Grandma Annchen behauptet.

Der junge Mann berührte Jo an der Schulter. »Was sagen Sie als Ausländerin denn dazu? Die machen doch die ganze Natur kaputt.«

»Hören Sie nicht auf diesen Deppen«, sagte der Bernsteinsammler. Er hatte sie am Arm gepackt und zog an ihr, als wolle er sie von einem schädlichen Einfluß befreien.

»Die Runde übernehme ich«, brüllte Sanftleben.

»Nimm deine dreckigen Finger von der Frau«, sagte der Junge. Rüsch kippte seinen Rum, Kuleska stammelte beschwichtigende Worte, die keiner zu hören schien.

Zeit zu gehen, dachte Jo. Sie machte sich los, schob Sanftlebens Ellenbogen zur Seite und bahnte sich einen Weg zwischen den Männern hindurch zur Tür. Sie hörte noch, wie Kuleska rief: »Ich übernehme den Deckel von Fräulein Jo«, dann war sie endlich an der frischen Luft.

13

Schon von weitem sah sie, daß bei Marcel Licht brannte. Also hatte man ihn laufenlassen. Sie bog auf den Weg ein, der direkt an seinem Wohnwagen vorbei zum Zelt führte.

Vor ihr lag etwas Glänzendes. Sie bückte sich und hob es auf. Es war ein vergoldetes Feuerzeug. Sie ließ es aufschnappen, eine kleine Flamme sprang empor. Und plötzlich wußte sie es: Die Tote, die Frau aus der Zeitung, war die Frau im Liegestuhl gewesen, neben ihr auf dem Schiff, die den jungen Mann um Feuer gebeten hatte! Sie hatte ein rotes Kleid und diese Sandalen getragen. Jo wurde aufgeregt; *und* sie hatte ein Fußkettchen getragen. Es war ganz deutlich zu sehen gewesen, als sie ihre nackten, braungebrannten Füße auf die Reling gelegt hatte. Ein Goldkettchen mit einer Muschel aus Elfenbein daran, genau wie das heute vormittag in der Kirche! Die Frau vom Schiff mußte die Tote im Vorland sein – sie war sich absolut sicher. Ob Marcel ihr das Kettchen vom Fuß genommen hatte, als er sie mit den Kindern fand? Sie mußte es der Polizei melden.

Sie bog ab und lief zur Pension hinüber. Frau Fiss war gerade aus der Turmschenke zurück und schüttelte ihren Schirm aus. Jo bat sie, telefonieren zu dürfen. Wortlos wurden ihr der schwarze Apparat und das Telefonbuch hingeschoben. Sie suchte die Nummer der Polizeidienststelle in Cuxhaven hervor. Dann vergewisserte sie sich, daß niemand mithörte. Sie wählte. Eine Beamtin nahm Jos Aussage zu Protokoll, nicht besonders interessiert, wie ihr schien.

Jo machte sich in dem dunklen, ungemütlichen Flur auf die Suche nach der Wirtin. Sie fand sie im Frühstücksraum, damit beschäftigt, Tische in Form eines Hufeisens zusammenzuschieben. Jo räusperte sich, und Frau Fiss blickte auf.

»Ich wollte das Gespräch zahlen«, sagte sie. »Und außerdem: Haben Sie wohl ein Zimmer frei?«

»Für eine Nacht?« Jo nickte. Frau Fiss zögerte und lächelte. »Heute abend haben wir eine Versammlung hier, es wird vielleicht etwas laut werden.«

»Darf ich fragen, was das für eine Versammlung ist?« Sie wurde das Gefühl nicht los, zu stören.

»Heute beginnt das Labadistentreffen«, sagte die Wirtin, und Jo fiel ein, daß Kuleska schon davon gesprochen hatte. »Einige von denen, die kommen, kennen Sie schon. Frau Kuleska, Frau Sanftleben, Frau Bruns...«

Jo unterbrach. »Bruns?«

»Die Mutter des Mädchens, das letzte Woche verunglückte. Sie hat den Kiosk beim Schiffsanleger, mit den Inseljuwelen. Sie verkauft Bernstein an Touristen.«

Jo wunderte sich über die plötzliche Gesprächigkeit. Eigentlich schien sie sehr nett zu sein.

»Zum erstenmal wird heute abend auch Herr Schwartz dabei sein, und außerdem erwarten wir acht junge Frauen aus Hamburg mit den Wattwagen. Ich habe noch zu tun. Sie müssen mich entschuldigen.«

Sie gab Jo den Zimmerschlüssel und beschrieb ihr eine Tür im obersten Stockwerk. »Frühstück ist von sieben bis neun«, sagte sie noch und verschwand.

Die kleine Mansarde hatte ein Fenster Richtung Norden. Wenn sie sich vorbeugte, konnte sie gerade den feinen Sandstreifen von Scharhörn erkennen. »Herr Schwartz«, wiederholte sie. Hatte der Kommissar nicht Marcel so angeredet? Was wollte er bei den Labadisten, das waren doch alles Frauen? Sie war müde. Zu viele Fragen hatten sich mittlerweile angesammelt. Sie mußte unbedingt einmal richtig schlafen.

Das altmodische Bad roch muffig, und sie versuchte, das kleine Fenster mit der geriffelten Scheibe aufzusperren. Doch der Griff klemmte. Zwei Rollen grauen Klopapiers fielen dabei fast in die Toilette. Typisch kleindeutscher Pensionsmief, mit einem Klobecken, das nie sauber war. Sie stellte die Dusche an. Als sie sich drunter stellte, fühlte sie sich besser. Sie schloß die Augen und genoß es, das heiße Wasser über Kopf und Körper rinnen zu lassen. Alles von sich abspülen.

Sie wachte von einem Geräusch auf. Es war dunkel. Wie spät mochte es sein? Zu blöde, daß sie den Wecker wieder zurückgegeben hatte. Auf dem Flur hörte sie trippelnde Schritte wie von nackten Kinderfüßen. Sie stand auf und horchte, es wurde geflüstert. Sie öffnete die Tür. Drei Frauen in hellen Nachthemden sahen sie erschrocken an und verschwanden in den anderen Zimmern. Es mußten die Hamburgerinnen sein, die Frau Fiss erwähnt hatte. Die Uhr im Flur zeigte auf halb eins. Das Treffen hatte sie also gründlich verschlafen. Es blieb ihr nichts anderes übrig, als sich wieder hinzulegen.

Eine Zeitlang sah sie aus dem Fenster. Die Nacht war jetzt klar, und wie auf einer Kette reihten sich die Leuchtfeuer aneinander, die die Fahrrinne draußen markierten. Grüne, weiße, rote Lichter, dazwischen die Positionslampen der Schiffe. Die Insel hob sich schwarz gegen das hellere Meer ab.

Es dauerte eine Ewigkeit, bis sie wieder einschlafen konnte. Wohl hundertmal, so kam es ihr vor, folgte sie mit den Augen den Linien und Chromteilen des Waschbeckens.

Von hoch oben aus dem Glas- und Stahlturm des World Trade Centers sah sie auf den silbernen Lauf des Hudson zwischen Inselrücken, wie er einmündete in die Prielschlangen zwischen den Watten. Sie lief mitten durch diese glitzernde Wasserwüste aus Prielen und Canyonlands. New York, Newark, Neuwerk. Auf einem Pferd saß ein Indianer. In eine Navajodecke gehüllt, glich er einer Statue. Er bot einem Geschäftsmann im schwarzen Anzug Schmuck an, Seeräuberschmuck aus der Hansezeit, aus den Wasserwüsten vor Neuwerk. Der Kunde prüfte die Türkise und das Silberfiligran und zückte schließlich eine winzige, gelbe Schreibmaschine. Schrieb einen City Corps Travellercheck über drei mittelalterliche Taler aus, zeigte seine I. D., die ihn als PR-Mann für Kolonialismus auswies, und verschwand mit dem erstandenen Geschmeide.

Der Indianer verwandelte sich in eine Frau mit langen, schwarzen Haaren, die ausritt, dem Herrn den Schmuck wieder abzunehmen. Sie verließ den farbigen Canyon, den die Schatten jetzt schwarzgrau färbten wie Schlick, folgte den roten und grünen

Leuchtfeuern in die Stein- und Glaswüsten New Yorks. Mondsplitter wellten in Millionen Fensterscheiben, liefen glucksend über das Watt in die Priele, die gurgelnd in den Hudson mündeten. Priele so silbern wie Seeräuberfiligran, heller und heller blinkend. Die Frau auf dem Pferd jagte die Avenues entlang. Der Mann im schwarzen Anzug löste sich wie eine Wolke auf, durch die sie hindurchschritt, den Schmuck nun am Arm, Goldkettchen und elfenbeinerne Muscheln…

Jo fuhr hoch, halb noch im Traum, wußte nicht, wo sie war. »Ralph«, flüsterte sie.

Gerade in diesem Augenblick kam der Mond hinter den Wolken hervor. Im Licht sah sie die Gegenstände im Zimmer: das Waschbecken, die Pferdefotos an der Wand. Sie stand auf. Es war erst fünf, aber sie konnte nicht mehr schlafen. Sie hatte Sehnsucht danach, mit jemandem vernünftig zu sprechen. Georg. Nur er kam in Frage. Sie würde ihn noch einmal besuchen.

14

Der Wind blies von vorn. Beim Laufen mußte sie sich den Böen entgegenstemmen wie einem körperlichen Widerstand. In der Dunkelheit vor ihr im Nordwesten, Richtung Scharhörn, waren Watt und Himmel ununterscheidbar. Nur da, wo ein Leuchtturm weit hinter dem Horizont sein milchiges Licht gegen den Himmel warf, sah man die schwarze Linie der Erdwölbung. Das Wasser lief gerade erst ab, und noch niemand hatte seine Spur im Watt hinterlassen. Als wäre sie der erste Mensch hier draußen.

Allmählich setzte im Osten die Dämmerung ein, und sie erkannte die schon vertraute Landschaft: südlich der Schaafsand und das Wittsandloch, dann das Scharhörnloch und die Robbenplate, noch weiter im Westen lagen die Quicksände mit den Wrackresten.

Auf den spiegelnden Wasserflächen zeichnete jede Windbö

neue feine Muster, die für den Bruchteil einer Sekunde wie eingeritzt schienen, dann verschwanden. Sie glaubte, jemanden rufen gehört zu haben, aber sie konnte nichts erkennen. Als bleiche Schatten huschten die Seevögel über das Watt.

Wieder der Laut. Wie die Stimme eines Mannes. Sie hatte plötzlich Angst. Es gab hier keinen Schutz. Sie lief auf den festeren Sand bei den Pricken zu und hockte sich neben die Reisigbündel.

Sie hatte richtig gehört. Jemand näherte sich mit großer Schnelligkeit, Wasser klatschte, Pferd und Reiter tauchten aus der Dunkelheit auf. Aber es war kein Mann. Es war die Kuleska, deutlich sah sie ihren langen, schwarzen Pferdeschwanz, ihre weiße Bluse unterm Jackett. Im Nu war sie vorbei, galoppierte in hohem Tempo Richtung Neuwerk. Jo wartete noch einen Moment, und gerade als sie sich aufrichten wollte, näherte sich ein zweites Pferd. Sie konnte sich nicht vorstellen, wer außer der Kuleska um diese Zeit hier draußen reiten sollte. Überrascht stellte sie fest: Es war Groot, der Ingenieur, und er ritt fast noch schneller an ihr vorüber, ohne sie zu bemerken. Die beiden Silhouetten verschwanden gegen den rötlicher werdenden Himmel.

Jo tastete vergeblich nach ihrem Kompaß. Sie hatte ihn offenbar liegenlassen. Aber auch so konnte sie die Richtung ungefähr feststellen: Sie mußten von Nigehörn gekommen sein. Bewohnte Groot vielleicht den Bauwagen? Wohl kaum. Georg hatte ihr erzählt, daß niemand auf der Insel lebe.

Sie erhob sich. Kreischend flog ein Entenpaar auf und erschreckte sie fast zu Tode. »Blöde Viecher!« entfuhr es ihr. Sie ging zügig weiter. Im Osten wurde der Himmel zusehends heller, färbte sich erst rosa, dann orangefarben. Schon ging die Sonne in ihrem Rücken auf und setzte das kleine Glasfenster der Vogelwarthütte in Brand.

Georg war da. Überraschung und Freude malten sich in seinem Gesicht. »Du bist es, Jo. So früh hätte ich dich aber nicht erwartet.«

»Dabei bin ich nicht einmal die erste hier draußen.« Jo mußte Luft schöpfen nach dem schnellen Laufen. Sie war froh, endlich bei ihm zu sein.

»Wieso, wer noch?«

»Erst kam die Frau des Geschichtslehrers, die Kuleska, an mir vorbei und dann Groot. Sie kamen aus der Gegend von Nigehörn, wenn mich nicht alles täuscht.«

»Zusammen?«

Jo lachte. »Das habe ich mich auch gefragt. Sie ritten wie die Teufel. Es sah aus, als ob sie ihn lockte oder er sie verfolgte.«

»Ich kenn die beiden. Sie ist ziemlich impulsiv und jähzornig. Und ihr Mann, na ja... Ich könnte mir schon vorstellen, daß sie sich andere Abenteuer sucht. Willst du was essen?« Georg hob sein Müslischälchen hoch und deutete auf eine Tüte mit Haferflocken.

Jo schüttelte den Kopf. »Später vielleicht. Ich hab keinen Hunger morgens. Ich möchte lieber etwas mit dir unternehmen.«

»Ich habe etwas wenig Schönes vor. Du kannst mir helfen.«

»Um was geht's denn?«

»Vergiftungsaktion.«

»Klingt ja schrecklich.«

Georg goß Dieselöl und eine violette Flüssigkeit in zwei alte Benzinkanister. Dann setzte er einen Strohhut auf.

»Der Hut ist notwendig wegen der scharfen Schnäbel. Hier hab ich auch noch einen für dich.« Er warf Jo ein schwarzes Ungetüm von Schlapphut zu. »Der ist neulich angetrieben.«

Sie setzte ihn auf und steckte sich eine Feder hinein.

Georg lief voraus. »Die Silbermöwen werden zu dominant. Jetzt hat die Hauptbrutphase angefangen. Das heißt, daß sie keine neuen Eier mehr legen werden. Ich habe die Nester bereits in der letzten Woche markiert.«

»Muß das sein?« fragte Jo.

»Einige andere Arten sind durch die Silbermöwen vom Aussterben bedroht.«

»Das ist typisch für euch Deutsche«, sagte Jo. »Immer wollt ihr Ordnung stiften.«

Sie liefen hinter die Düne, wo Hunderte der silbergrauen Möwen dicht nebeneinander am Boden hockten. Je näher sie kamen, desto lauter wurde der ohrenbetäubende Lärm.

»Du mußt jetzt aufpassen«, schrie Georg. »Sie greifen an. Das ist nicht ungefährlich, vor allem wegen der Salmonellen.«

Georg nahm sich einen Stock, setzte den Hut darauf und hielt ihn hoch. Sofort schraubten sich drei Möwen über ihm in die Höhe und stießen nacheinander herab, eine hackte mit dem scharfen Schnabel in den Hut. Georg kniete neben einem Nest nieder, während eine der Möwen ihn immer wieder angriff. Er tauchte die Eier aus dem Gelege in das Öl-Benzin-Gemisch und legte sie, violett gefärbt, zurück.

Makaber, dachte Jo. Wie Ostereier färben, und doch geht es darum, daß die Küken abfaulen.

Sie stellte ihren Kanister ab. »Laß uns was anderes machen. Zum Beispiel nach Nigehörn gehen.«

»Du hast ja recht«, sagte er schließlich. Er richtete sich auf. »Die Arbeit ist widerlich.«

Die Sonne schien, und zum erstenmal, seitdem sie hier war, wurde es richtig warm.

»Laß uns ein Picknick machen«, schlug sie vor. »Diesen Tag sollten wir genießen.«

Georg brachte die Kanister zurück und verscheuchte den Gartenrotschwanz aus dem Herz der Klotür. »Das versteht dieser Vogel einfach nicht, daß er da kein Nest bauen kann«, sagte er und zupfte ein paar Halme und Zweige heraus.

Eine halbe Stunde später waren sie auf der Westseite von Nigehörn.

»Komm, laß uns eine windgeschützte Ecke suchen.« Jo breitete die Decke hinter einer Düne aus. Georg blieb stehen und sah durch sein Glas.

»Was will die denn da? Eine Barkasse«, erklärte er Jo. Er entzifferte den Namen am Bug: »›Warkbalje‹. ›Hamburgisches Hafenbauamt‹. Komisch.«

»Hast du überhaupt davon gehört, was hier an den Küsten los ist?« Jetzt erst fiel ihr die Zeitungsmeldung wieder ein.

»Du weißt doch, mein Telefon ist kaputt. Ich warte, daß die Leute vom Bauamt das Kabel flicken. Wieso, was denn?«

Jo erzählte ihm von den Stichproben mit radioaktiv belastetem Sand. Georg schüttelte den Kopf, als glaube er ihr nicht.

»Das ist ja eine Horrorvorstellung. Kann einem ganz schön den Appetit verderben.«

Jo hatte den Korb ausgepackt und alles über die Decke verteilt: norwegische Fischhäppchen, Gebäck, eine Dose mit kalifornischen Pfirsichen. Georg holte die Sektflasche und Gläser aus seinem Rucksack. Der Korken knallte wie ein Schuß. Eine weißschäumende Zunge schoß aus der Flasche.

»Hier«, sagte er, »schnell«, und hielt sie ihr an den Mund. Sie trank den sprudelnden Sekt.

»Du auch.« Sie gab ihm die Flasche zurück, und er schenkte die Gläser voll. Dann stießen sie an.

Später streckte sich Georg auf der Decke aus, und sie legte sich neben ihn.

»Erzähl mir was von dir«, sagte sie.

»Du bist immer auf Geschichten aus, nicht wahr? Von mir gibt es wenig zu erzählen. Ein ganz und gar durchschnittlicher Mensch.«

»Das glaub ich dir nicht. Erzähl mir vom Sudan.«

Er schwieg. Es kam ihr verrückt vor, daß sie jetzt hier lag. Mitten im Meer auf einem Stück neuen Land. Sie stützte sich auf die Ellenbogen und sah über die Düne. Graublau zog sich das Wasser bis zum Horizont. Von hier aus waren es siebzehn Kilometer bis zum Festland.

»Wie hältst du es den ganzen Sommer so allein hier aus?«

»Ich bin ja nicht allein«, sagte er. Sie betrachtete ihn. Er hatte die Augen geschlossen und hielt das Gesicht in die Sonne. Sie fuhr mit dem Finger seine Stirn entlang und legte sich wieder neben ihn. Nach einer Weile fühlte sie seine Hand durch ihr Haar gleiten, die Finger den Nacken entlang. Sie schob ein Bein über ihn und schloß die Augen. Die Sonne tat gut.

Sie waren eingeschlafen. Jo wachte auf, weil sie fror. Von irgendwoher kam ein langes, hohles Tuten.

»Das Nebelhorn«, sagte Georg. Klagend wehte es über die Sände, fiel plötzlich ab, als hätte jemand den Laut mit einem Tuch erstickt. »Seenebel. Genau wie letzte Woche. Immer, wenn es gerade warm werden will, schlägt die Temperatur plötzlich um, und Nebel kommt auf. Das richtige Wetter für den Grauen Mann.«

Grauer Mann. Jo war plötzlich wieder ganz bei der Sache. »Was weißt du über die Legende?«

Georg lachte. Er hatte gewußt, daß sie darauf anspringen würde. »Nicht viel. Er taucht auf, wenn plötzlich Nebel von See kommt, und kündigt angeblich ein Unglück an. Erst soll es so aussehen, als ob einfach jemand vor einem herläuft, in einem weiten grauen Umhang und mit einem Hut auf dem Kopf. Es kommt einem gar nicht sonderbar vor, weil sowieso alles schemenhaft wirkt. Aber dann ist die Gestalt plötzlich verschwunden.«

»Hast du ihn schon mal gesehen?«

Georg lachte. »Alles Spökenkiekerei.«

»Spöken- was?«

»Spökenkiekerei. So nennt man es, wenn Leute plötzlich Geister sehen. Die Alte im Turm zum Beispiel.«

»Lisa meinst du? Die ist gar nicht so alt.«

»Na ja. Jedenfalls glaubt sie steif und fest an den Grauen Mann. Man sagt, sie habe das Zweite Gesicht.«

»Second sight – im Englischen heißt es genauso.«

»Es soll der Geist eines Toten aus dem Mittelalter sein, der im Nebel mit seinem Pferd den Tod gefunden hat.«

»Der Mijnheer, der den Turm gebaut hat.«

»Siebenhundert Jahre soll er den Strand entlangwandern, bevor ein anderer ihn ablösen wird.«

Georg stand auf und klopfte sich den Sand vom Pullover.

»Es wird ungemütlich. Ich schlage vor, wir gehen zum Bauwagen. Wir können uns aufwärmen und auf besseres Wetter warten. Bei dem Wind hält sich der Nebel wenigstens nicht lange.«

Die Landschaft hatte sich völlig verändert. Die hellen Sanddünen wirkten grau und massiv, man konnte keine fünf Schritte weit sehen. Jo folgte Georg, manchmal drehte er sich um, um sich zu vergewissern, daß sie hinter ihm war. Plötzlich blieb er stehen. Jo wollte etwas fragen, aber er legte einen Finger an den Mund.

Jetzt hörte sie es auch. Das Husten eines Mannes.

»Es müssen die Leute von der ›Warkbalje‹ sein.« Georg nahm ihre Hand. Mehrere Männerstimmen waren zu hören. Sie schienen zu streiten.

»Komm.« Georg machte eine Kopfbewegung nach vorn. Sie gingen weiter. Ein Mann sprach jetzt, heftig, mit einem Akzent, der den Norddeutschen verriet. Der Wind wehte in ihre Richtung, er war deutlich zu verstehen.

»Das haben Sie verbockt. Jetzt haben wir die Presse auf dem Hals, das hat gerade noch gefehlt.«

Eine Pause entstand. Dann sprach die gleiche Stimme weiter, wohl zu einem andern, leiser und ohne Zorn. »Laß uns näher rangehen«, flüsterte Georg Jo ins Ohr. Er duckte sich und schlich voran. Jo folgte.

Die Silhouette des Bauwagens tauchte auf und verschmolz mit Georgs Gestalt. Sie duckten sich unwillkürlich. Die Stimme von vorhin sprach weiter.

»Ich sag Ihnen, wenn Sie den Skandal nicht irgendwie erklären können, blüht Ihnen was. Da werden nicht nur fremde Köpfe rollen.«

Jetzt war es ruhig. Dann ein Schnipsen, kurz darauf Zigarrengeruch. Die Tür des Bauwagens stand offen. Plötzlich schrie jemand in äußerster Wut:

»Ist Ihnen überhaupt klar, was das alles heißt, Mann? Sie riskieren nicht nur Ihren, sondern auch meinen Kopf! Sie werden sich schleunigst etwas überlegen müssen.«

Die Tür wurde heftig zugeschlagen. Jo schrak zusammen. Es war wie früher Indianerspielen. Nur diesmal hatte sie wirklich Angst.

»Laß uns weggehen«, flüsterte sie und zupfte Georg am Jakkenärmel. Er reagierte nicht. Die Stimmen waren jetzt so gedämpft, daß nichts mehr zu verstehen war. Plötzlich sahen sie einen undeutlichen Schatten in einiger Entfernung vorbeigehen. Jo zuckte zusammen. Georg kroch noch näher an den Bauwagen heran und zog sie hinter sich her. Jo folgte notgedrungen. Sie fror und wünschte sich in ihr Zelt.

Der Wagen stand mit der schmalen Seite gegen eine Sanddüne. Von dort würde man alles genau hören können. Georg kroch über den Dünenkamm, Jo tat es ihm nach. Sie preßten die Ohren gegen die grüngestrichene Wagenwand. Jetzt sprach eine andere Stimme.

»Glauben Sie mir. Man wird nichts rauskriegen. Die radioaktiven Spuren geben keinen Aufschluß über den Ausgangspunkt.«

»Das sagen Sie. Aber kann man Ihnen glauben? Sie haben schließlich auch behauptet, man würde nie etwas bemerken. Alles völlig unsichtbar«, äffte er den Akzent des Mannes nach. Es klang wie der holländische Akzent von Groot. »Und jetzt haben wir die verdammte Scheiße. Gestern schon stand's in der Zeitung. Wir haben in Null Komma nichts die Umweltschützer auf dem Hals. Der Vogelwart drüben ist bei Greenpeace, die lauern doch nur auf solch eine Gelegenheit.«

»Wir haben Pech gehabt. Aber das ist egal. Kein Mensch kann ermitteln, daß die Messungen…«

»Pech! Pech! Was faseln Sie denn da, Mensch!« Der Mann schien außer sich vor Zorn. »Sehen Sie zu, daß Ihnen was einfällt!«

»Es war wirklich Pech. Normalerweise führt man hier keine Untersuchungen mit dem Geigerzähler durch. Aber niemand wird diese Meßergebnisse mit Ihren Plänen in Verbindung bringen.«

Schritte waren zu hören. Der andere kam zurück. Es war zu spät, um fortzulaufen. Jo duckte sich so tief wie möglich. Sie konnte unter dem Wagen hindurch auf die andere Seite sehen. Grüne Gummistiefel. Sie hielt den Atem an, glaubte, man müßte ihr Herz schlagen hören.

In diesem Moment wurde die Tür von innen aufgemacht. Kamen die anderen jetzt heraus? Die Tür schlug wieder zu.

Georg drehte sich um und gab ihr ein Zeichen. Langsam richtete sie sich auf. Einer der Männer schob sich mit dem Rücken vor das kleine Fenster. Der feingemusterte Stoff des Jacketts war direkt vor ihr. Sie wollte weg.

»Rüsch«, sagte die befehlsgewohnte Stimme jetzt, »bringen Sie mich an Land. Das Boot müßte wieder flott sein. Groot, Sie müssen zusehen, wie Sie Ihren Hals aus der Schlinge ziehen. Sie haben nicht viel Zeit. Es ist Ihr Glück, daß der Nebel dazwischengekommen ist. Damit gewinnen Sie ein paar Stunden. Wenn aber die Meßbefunde erst mal offiziell bestätigt sind, dauert es keine Stunde mehr, bis wir den Hubschrauber hier haben. Ich hoffe, Sie wissen...«

Sie mußten verschwinden. Leise zogen sie sich zurück. Dann rannten sie, bis sie glaubten, weit genug entfernt zu sein. Schließlich hielten sie an, Georg holte den Kompaß heraus.

»Wir gehen jetzt sofort rüber nach Scharhörn, für den Fall, daß sie sich vergewissern wollen, daß ich dort bin. Wir dürfen sie auf keinen Fall mißtrauisch machen.«

Georg begann zu laufen, Jo hinterher. Wie Joggen, dachte sie, aber ihr war alles andere als wohl. Den Picknickkorb hatten sie vergessen! Hoffentlich entdeckten die Männer ihn nicht!

Außer Atem kamen sie an der Vogelwarthütte an. Jo warf sich auf Georgs Sofa, er ließ sich in seinen Sessel sinken. Beide waren stumm und schnappten nach Luft.

Nach gar nicht langer Zeit hörten sie draußen vor der Hütte jemanden rufen.

»Hey, Mister Vogelwart.«

Georg warf ihr einen vielsagenden Blick zu und stand auf. »Er will wohl kontrollieren, ob ich hier bin. Zum zweitenmal in nur drei Tagen, scheint's. Solange er mich hier weiß, kann er davon ausgehen, daß ich noch nichts gehört habe. Von dir ahnt er ja nichts.«

Sichtlich bester Stimmung, öffnete Georg die Tür und trat auf die Balustrade hinaus.

»Brauchen Sie was vom Festland?« hörte Jo Groot fragen. »Ich mach mich auf, sowie der Nebel sich gelichtet hat.«

»Danke. Ich werde morgen selbst hinübergehen. Sie sollten vorsichtig sein bei dem Wetter.«

Es reizte sie, hinauszugehen. Sie achtete auf Groots Gesicht. Als er sie bemerkte, hatte sie das Gefühl, daß er erschrak. »Ah, die Amerikanerin«, sagte er.

»Auf einmal so hilfsbereit?« fragte Georg. »Außerdem dürfte der Priel doch bereits ziemlich voll sein.«

»Ach wo, ich hab ein gutes Pferd, das kennt den Weg.«

»Dann viel Glück.« Er verschwand schnell im Nebel.

»Komischer Kerl. Das sind ganz neue Töne von ihm. ›Brauchen Sie was vom Festland?‹« Sie gingen in die Hütte zurück.

Georg sah Jo liebevoll an. »Soll ich den Ofen heizen?« Sie nickte. Vorm Fenster war alles grau in grau. Jo starrte hinaus. Hinter ihr hantierte der Mann, dessen Zuneigung sie fast körperlich spürte.

Wenn dieses Wetter andauerte, konnte man schon trübsinnig werden hier und auf verrückte Gedanken kommen, dachte sie. Der Tag war kaum heller als die Nacht, sehen konnte man so oder so nichts.

Irgend etwas bewegte sich draußen. Sie starrte hinaus. Es schien jemand zu kommen. Vielleicht noch einmal Groot.

Undeutlich sah sie eine Gestalt auf dem Pfad. Ein Mann in einem langen Mantel, einen Hut auf dem Kopf. Sie rieb sich die Augen. Er war immer noch da.

»Komm doch mal schnell, Georg. Der Graue Mann. Du hast mir doch von ihm erzählt.«

Er hob den Feldstecher an die Augen. »Ich seh nichts.«

Jo war blaß geworden. »Ich bin ganz sicher, daß da jemand war. Genauso, wie du ihn beschrieben hast: ein grauer Umhang, ein Hut dazu. Auf dem Weg Richtung Neuwerk, wo Groot eben verschwunden ist.«

»Du siehst Gespenster. Es wird Zeit, daß ich dich auf andere Gedanken bringe. Guck mal, das Treibholz im Ofen brennt wie Zunder.«

Georg hatte recht. Sie wußte, daß ihre Phantasie manchmal mit ihr durchging.

»Und jetzt erst mal trockene Klamotten!« rief er. »Hier«, er warf Jo einen seiner Wollpullover zu. »Der wird dir gut stehen.« Sie zog ihr Zeug aus und streifte den grobmaschigen Pullover über, der ihr bis zu den Knien reichte. »Am besten legst du dich ins Bett, wenn du wieder warm werden willst.«

Sie wickelte sich in eine Wolldecke.

»Soll ich dir einen Tee machen?« Georg hantierte an dem kleinen Herd und legte Briketts nach.

»Nachher«, sagte Jo. »Ich glaube, ich werde einen Augenblick schlafen.«

Sie nahm gerade noch wahr, wie Georg nach einer Weile ebenfalls unter die Decke kroch und ganz leicht seine Hand auf ihr Haar legte.

Beim Aufwachen spürte sie seinen Körper neben sich. Er war schmal und fühlte sich ungewohnt leicht an. Ganz anders als Ralph. Ralph war muskulös und schwer und flößte ihr immer das Gefühl von Sicherheit ein. Sie drehte sich jetzt, so daß sie gegen Georgs Rücken zu liegen kam – Löffelchen liegen, hatte ihre Großmutter das genannt –, und strich über sein Haar. Schlief er? Sie konnte es nicht feststellen. Sein Atem ging regelmäßig. Dann wandte er den Kopf. »Du, Jo«, sagte er. »Ich mag dich sehr.« »Ich dich auch, Georg.« Sie schlang ihre Arme um ihn. Beide lauschten sie auf die Windböen, die Regentropfen gegen die Scheiben peitschten.

»Du mußt hierbleiben. Die Flut ist schon zu weit«, sagte Georg. »Es war schon für Groot ziemlich spät, aber er hatte sein Pferd.«

»Ja«, sagte sie. Sie stützte sich auf einen Ellenbogen auf und beugte sich über Georg. »Obwohl in diesem Fall das Vernünftige ganz schön unvernünftig ist.«

Er drehte sich zu ihr herum und lächelte. »Meinst du?«

Statt einer Antwort fuhr Jo mit dem Finger über seine Lippen. »Du hast einen schönen Mund«, sagte sie. Als sie merkte, daß er etwas sagen wollte, küßte sie ihn. Jetzt nur nicht reden, denken.

Sie schob die Decke zur Seite. Seine Haut fühlte sich weich und kühl an.

Sie schloß die Augen und überließ sich ganz ihren Empfindungen. Nur einmal tauchte Ralphs Gesicht vor ihr auf. Sie wunderte sich, daß kein Bedauern, keine Schuldgefühle in ihr aufkamen.

Später stand Georg auf, um einen Tee zu machen. Draußen war noch immer alles grau in grau. Sie lag da, ganz entspannt, und lauschte, wie der Kessel summte, das Wasser zu kochen begann. Schließlich kam er mit zwei Tassen voll dampfendem Tee zurück. Sie tranken wie Kinder, hastig, so daß sie sich die Lippen fast verbrannten. Dann zog sie Georg wieder zu sich unter die Decke.

Der Nebel hatte sich gelichtet. Sie hatte das Gefühl, jeden Augenblick könne die Sonne durchkommen, alles schien heller zu werden im Raum. Georg wachte auf. Sie schloß die Augen wieder, stellte sich schlafend. Wenig später stand er auf. Sie hörte, wie er in seine Jeans schlüpfte, den Reißverschluß hochzog, nach draußen ging.

An der Decke über ihr war eine Spinne dabei, ihr Netz zu bauen. Wie auf geometrischen Linien bewegte sich der schwarze Körper, scheinbar freischwebend. Systematisch baute sie an der immer gleichen fragilen Konstruktion, die eher oder später zerreißen würde.

Jo setzte sich auf und zog fröstelnd die Decke über die nackten Schultern. War das wirklich sie – hier weit draußen auf einer Insel, in einem fremden Bett, eben noch die Wärme eines fremden Körpers neben sich? Sie begann, sich langsam anzuziehen. Die Sachen schienen schwer auf der gereizten Haut. Wie sollte sie sich Georg gegenüber verhalten?

Von der Bettkante aus sah sie der Spinne zu. Linie auf Linie, die sie auf den unsichtbaren Fäden entlanglief. Wenn das Netz zerriß, würde sie woanders ein neues bauen, immer wieder diese klebrig seidigen Fäden aus sich heraus produzieren und weiterbauen.

Als Georg wenig später mit einer Schüssel Wasser zurückkam und ihr von außen durchs Fenster zuwinkte, verflog ihre Befangenheit.

Sie ging hinaus. Der Wind, der den Nebel zerriß, machte sie endgültig wach. Er hielt ihr ein Stück Seife hin, und sie begann, sich ebenfalls zu waschen.

»Ganz wie ein altes Ehepaar, was?« Er wirkte fröhlich.

»Ich hab übrigens geträumt, Georg. Das ist doch von Bedeutung, oder?«

»Wenn man so abergläubisch ist wie du. Wovon denn?«

»Von dem Bauwagen. Um was es wohl geht?«

»Das würd ich auch gern wissen. Die wollten auf keinen Fall, daß die Öffentlichkeit etwas mitbekommt.«

»Meinst du, sie laden hier Giftmüll ab? Oder verseuchten Hafenschlick? Die Zeitungen sind doch voll davon.«

»Glaub ich nicht. Dann müßten sie das Zeug schutenweise in die Sände kippen.«

»Was glaubst du denn?«

»Erst mal gar nichts. Aber ich werde demnächst nach Hamburg fahren, um mehr herauszubekommen. Vielleicht soll hier irgend etwas versenkt werden, und sie wollen sichergehen, daß es nicht wieder zum Vorschein kommt.«

»Wieso zum Vorschein?«

»Manchmal tauchen Dinge, die hier untergegangen sind, wieder auf.« Georg hielt das Handtuch hoch. »Soll ich dich abtrocknen?« Jo drehte ihm den Rücken zu, und er begann, sie trockenzureiben.

»Das Watt ist mir unheimlich«, sagte Jo.

»Ich kann mich erinnern, wie hier einmal eine Leiche aufgetaucht ist. Die Mahlsände hatten sie ausgespuckt. Urplötzlich lag da ein Körper im Watt. Alle Zeitungen berichteten darüber. Die Polizei barg den Fund, und die Leiche, um deren Herkunft schon wildeste Vermutungen die Runde machten, entpuppte sich als sechshundert Jahre altes Skelett. Du kannst es dir jetzt im Heimatmuseum ansehen.«

»Sechshundert Jahre hat es hier gelegen?«

»Das Watt bewahrt alles auf«, sagte Georg und küßte sie auf die Schulter. »So, du bist fertig.«

Jo zog sich an. Wie ein Archiv, dachte sie.

»Wenn du möchtest, bringe ich dich zurück, Jo. Damit der Graue Mann dich nicht holt.« Jo streckte ihm die Zunge heraus.

»Vielleicht ist er ja sehr nett, wer weiß! Und eine Frau hat er wahrscheinlich auch noch nicht! Danke«, sagte sie. »Ich gehe ganz gern allein!«

Wenig später machte sie sich auf den Weg.

15

Ihr Iglu stand fest verzurrt. Sie zog den Reißverschluß vom Außenzelt hoch und griff automatisch nach der Lasche vom Innenverschluß. Im gleichen Augenblick wußte sie: Jemand war in ihrem Zelt gewesen.

Für einen Moment wurde ihr schwindlig. Sie mußte an den Tag denken, als man in ihre und Ralphs Wohnung eingebrochen war. Sie hatte danach lange Zeit das Gefühl gehabt, alles wäre schmutzig, jede Tasse, jeder Sessel, das Bett. Das Gefühl, sie wäre jederzeit sichtbar für jemanden, der selbst verborgen blieb, hielt lange an.

Sie wußte ganz genau, sie hatte wie immer beim Weggehen die beiden Laschen des bogenförmigen inneren Reißverschlusses nach links unten gezogen, um den Eingang zu verschließen. So, wie jeder Rechtshänder es automatisch machen würde. Jetzt standen sie rechts.

Langsam zog sie den Verschluß auf und sah ins Zelt. Im grünlichen Dämmerlicht lag alles, wie sie es verlassen hatte. Ihr Kompaß direkt am Eingang auf der Schlafsackkapuze. Sie hatte ihn extra hierhergelegt, um ihn bloß nicht zu vergessen! Typisch Jo, hörte sie Ralph jetzt sagen.

Sie warf den Rucksack vors Zelt und wechselte Hose und Pullover. Sie mußte unbedingt mit jemandem sprechen. Das nächstgelegene Lokal war die ›Meereswoge‹.

Es war nur ein einziger Gast da: Frau Kuleska. Sie saß, eine Tasse Kaffee vor sich, an einem Ecktischchen am Fenster, unter der geschwungenen Gardine stand ein Meer von Blumentöpfen, Usambaraveilchen, Klivie und Fleißiges Lieschen, die hier besonders üppig zu gedeihen schienen. Als Jo eintrat, blickte sie gerade aus dem Fenster, als ob sie jemanden erwarte. Sie wirkte nervös, doch dann schien sie sich zu besinnen, erschien plötzlich gezwungen ruhig.

»Ah, sieht man Sie auch einmal. Kommen Sie, hier ist Platz.«

Jo zögerte einen Augenblick.

»Trinken Sie auch einen Kaffee?« Jo nickte.

Sie rief mit ihrer harten, wohlklingenden Stimme: »Marlies, bring uns noch zwei Kaffee und zwei Gehenkte.«

Die Bedienung steckte den Kopf zur Tür herein und nickte ihnen zu. »Zwei Kaffee und zwei Gehenkte.«

»Gehenkte?« Jo hatte keine Ahnung, wovon die Rede war.

»Ein Schnaps mit einem Stück Appetitsild drin. Warten Sie mal ab.«

»Sie waren schon oft hier?« ergriff Jo die Gelegenheit.

»Ja, wir kommen jedes Jahr auf die Insel, seitdem mein Vater hier verunglückte. Sie haben ja sein Kreuz auf dem kleinen Friedhof gesehen, das einzige, das einen Namen trägt. Ich habe es mir zur Aufgabe gemacht, sein Werk fortzusetzen.«

»Sie meinen diese Sekte?«

»Sie sind gut informiert. Aber Sekte würde ich unsere Gemeinschaft nicht nennen. Es ist wichtig, daß man den Menschen etwas gibt, an das sie glauben können. In Ihrem Land haben Sie doch wunderbare Vorbilder.«

Mit Schaudern dachte Jo an die TV-Evangelisten: Oral Roberts, Jim und Tammy Baker.

»Und wieso ausgerechnet Labadismus? Wir leben doch nicht mehr im 17. Jahrhundert. Oder ist das einfach Zufall?«

Frau Kuleska schien an solche Einwände gewöhnt zu sein. Ganz ruhig erklärte sie: »Zufälle gibt es nicht. Gott hat für alles gesorgt. Und Labadisten gab es nicht nur in Surinam, Maryland und Virginia, sondern auch auf einigen Nordseeinseln. Eine recht große Bewegung, ein reformierter Katholizismus ohne Papst. Eine gute Sache, wenn man bedenkt, was Päpste für Unheil in der Welt anrichten.«

Jo hatte das Gefühl, sie habe diese Sätze schon hundertfach gesagt und spule sie geradezu mechanisch ab. In Wirklichkeit schien sie abgelenkt. Immer wieder, so kam es Jo vor, blickte sie nach draußen auf den Weg, der zum Turm führte.

Der Kaffee kam und zwei Gläser mit klarem Schnaps, über deren Ränder je eine Sardelle hing.

»Prost!« sagte Frau Kuleska, nahm den Fisch, legte ihn sich auf die Zunge und goß den Schnaps darüber. Jo tat es ihr nach. Es schmeckte grauenhaft.

»Ich habe noch gar keine Kinder auf der Insel gesehen. Nur die geistig Behinderten aus dem Heim oder fremde Schulklassen.«

»Der Eindruck täuscht«, sagte sie. »Die Kinder sind alle im schulpflichtigen Alter – sie wohnen auf dem Festland bei Bekannten und Verwandten und kommen nur in den Ferien auf die Insel.«

»Gibt es denn hier keine Schule?«

Die Kuleska schüttelte den Kopf. »Nicht mehr. Früher gab es einen Lehrer, der die Woche über aus Hamburg kam. Im Augenblick lohnt es sich nicht.«

Also doch nur wenig Kinder. Aber welches der Paare, die sie kennengelernt hatte, konnte sie sich als Eltern vorstellen? Die Fissens? Sie dachte an die von Dunst erfüllte Küche mit dem runden Tisch, an dem die Männer schon am Vormittag hinter ihren Groggläsern versammelt saßen.

»Entschuldigen Sie mich.« Frau Kuleska stand auf. »Ich muß noch etwas für die Taufe und das Gebet vorbereiten.«

»Treffen Sie sich im Turm, in dem ehemaligen Betraum im Gewölbekeller?« fragte Jo.

Frau Kuleska schien einen Augenblick überrascht, aber fing sich gleich wieder.

»Sie sind ungewöhnlich gut informiert für eine Fremde, die

erst ein paar Tage hier ist. Hat Ihnen das auch mein Mann erzählt?«

Sie zog ihren Regenmantel über. In etwa zweihundert Metern Entfernung wartete Marcel auf sie. Sie begrüßten sich mit Handschlag und verschwanden schließlich hinter einer Hecke.

Jo trank ihren Kaffee. Zwischen den Usambaraveilchen lag ein kleines altes Buch. Neugierig nahm sie es in die Hand. Es war das erste Buch, das ihr auf der Insel begegnete. *Eukleria* von Anna Maria von Schurmann, las sie. Es war ganz und gar in Lateinisch geschrieben. Vorn stand in krakeliger Schrift der Name Kuleska. Die Schrift eines Linkshänders, dachte Jo.

Ein Dackel kläffte vor der Gaststätte, einen Augenblick später öffnete sich die Tür, und herein kamen Herr Flick und Lila.

»Trinken Sie einen Sekt mit uns?« fragte er Jo. Sie nickte.

»Sekt ist sicher gut auf einen Gehenkten.«

»Ich hab was für Sie. Sie interessieren sich doch immer für Geschichten. Ich hab Ihnen ein Foto von Neuwerk während des Zweiten Weltkrieges mitgebracht. Hier. Die Insel war damals ein aktiver Stützpunkt. Ich kenne das noch aus eigener Erfahrung.«

Das Bild zeigte Wiesen. Ungefähr dort, wo jetzt ihr Zelt stand, waren graue Koten aufgebaut.

»Das war das Arbeitsdienstlager. Die Jungens mußten die Befestigungsanlagen auf der Insel bauen. Abends war hier der Teufel los. In der ›Meereswoge‹ gab es einen Koch, der mit einem vollen Bierglas in der Hand einen Salto schlagen konnte, ohne etwas zu verschütten. Das Bier gehörte ihm danach. Er war ziemlich trinkfest, und nach einer Weile hatte niemand mehr Lust, ihm seine Akrobatik zu bezahlen.«

Jo rückte ihren Stuhl näher. Ihr lag eine Frage auf der Zunge, aber sie wollte ihm Zeit lassen.

»Und hier ist die Flak, sie war nahe beim Turm stationiert. Die Haupteinflugschneise nach Hamburg von England aus führte über die Insel. Einen der ersten Toten des Krieges gab es hier vor Neuwerk. Ein britischer Bomberpilot, der überm Watt abgeschossen wurde.«

Der Sekt vertrieb den Geschmack von Fisch und Korn, und ihr wurde leichter ums Herz. Vielleicht hatte sie sich die Sache mit dem Zelt nur eingebildet. Vielleicht hatte sie diesmal den Reißverschluß nach links gezogen, bevor sie gegangen war. Sie wollte nicht mehr daran denken.

»Prost, Lila«, sagte sie und hob ihr Glas.

16

Zu kühl für die Jahreszeit, dachte Jo. Sie war gerade dabei, heißes Wasser auf den Tee zu gießen, als jemand vorm Zelt rief:

»Hallo, Frollein Jo, sind Sie zu Hause?«

Sie schlug die Zeltplane zurück und kroch hinaus. Ihr Nachbar vom Heim, Herr Sanftleben, in Trainingsanzug und Pudelmütze, über die er eine Plastikduschhaube gestülpt hatte, um seine offensichtlich neue Kopfbedeckung vor dem Regen zu schützen, der den ganzen Vormittag schon wieder in dünnen Fäden fiel.

»Post für Sie. Aus Amerika.« Er wedelte mit dem hellen Umschlag herum. »Vom Liebsten, was? Und ein Paket, aus Hamburg.«

Er hatte also alles genauestens inspiziert.

»Möchten Sie einen Tee? Ich brühe gerade einen auf.«

»Was Kräftigeres haben Sie nicht?« Jo schüttelte den Kopf, sie hatte keinen Schnaps da.

»Na, warum nicht«, sagte er, beinahe großzügig. »Bei diesem Sauwetter ist man froh, überhaupt etwas Heißes in den Magen zu bekommen.«

Sie schob ihm die Apfelsinenkiste als Sitz hin.

»Eben sind zwei Wissenschaftler aus Hamburg mit dem Wattwagen angekommen. Sie wollen Proben nehmen.«

Jo schenkte ihm einen großen Emaillebecher voll.

»Zucker?«

»Drei Löffel, bitte.«

»Uh, schön süß. So trank meine Großmutter ihren Tee immer. Weiß man denn inzwischen mehr über die Herkunft der radioaktiven Spuren?«

Sanftleben schüttelte den Kopf. »Es sollen nur ganz geringe Mengen sein. Alles wieder mal aufgebauscht. Typisch Presse.«

Jo wechselte das Thema. »Wie geht es Olaf?«

»Ach, aus dem Jungen soll einer schlau werden. Gestern hat er den ganzen Tag wie angenagelt vorm Fenster zum Deich gesessen, obwohl es bei der dicken Suppe draußen wirklich nichts zu sehen gab. Und dann hat er stundenlang an einer kleinen Figur herummodelliert. Komischer Kerl.«

»Hat er eigentlich Angehörige?«

Sanftleben schüttelte wieder den Kopf. Die Plastikduschhaube knisterte dabei. »Die Eltern sind verunglückt«, sagte er. Nach einer Weile fügte er hinzu: »Er ist entfernt mit Möbius verwandt, ist der Enkelsohn von einem Möbius, der nach Amerika ging.«

»Nach Amerika?« Davon hatte sie noch gar nichts gehört. »Wohin denn in Amerika?«

»New Jersey. Der Ferdinand. Nannte sich dann Fred. Hatte 'ne Bar in Newark, ziemlich heruntergewirtschaftet. Soll selbst sein bester Kunde gewesen sein, erzählen die Seeleute aus Cuxhaven.«

»Und wie kam er auf die Idee, nach Amerika zu gehen?«

Sanftleben machte eine wegwerfende Handbewegung. »Ach, lassen Sie man. Das rührt alte Geschichten wieder auf. War in den dreißiger Jahren. Politische Gründe.«

Jetzt war Jo vollends neugierig. Aber Sanftleben hatte offensichtlich beschlossen, sich in Schweigen zu hüllen. Auch ihr Versuch, ihm von Grandma Annchen zu erzählen, die doch ebenfalls in den dreißiger Jahren ausgewandert war, ließ ihn kalt.

»Und warum kümmert sich die Familie Möbius dann nicht mehr um Olaf?«

Sanftleben seufzte, da er offensichtlich bedauerte, überhaupt etwas erwähnt zu haben. »So ist es eben mit dem Nachwuchs von entfernten, ungeliebten Verwandten. Man kann nicht erwarten, daß sie sich für ihn umbringen. Der Junge ist versorgt und hat, was er braucht. Hier haben sie ein Auge auf ihn.«

Sie schwiegen. Sanftleben betrachtete hingebungsvoll seine neuen braunen Lederschuhe.

Versorgt. So konnte man es wohl nennen. Da hatten diese Verwandten Olaf offenbar in die Behindertengruppe gesteckt, weil es so am praktischsten war.

Sanftleben stellte seine noch fast volle Teetasse auf den Boden.

»Das Zeug schlägt mir auf den Magen«, sagte er und stand auf. »Aber besten Dank. Lassen Sie mich etwas sagen, Fräulein Jo: Für meinen Geschmack sind Sie ein bißchen zu neugierig. Aber sonst ganz in Ordnung.«

Er verbeugte sich und griff sich an die Plastikhaube, als wollte er sie ziehen.

Als er gegangen war, machte sie sich an die Post. Den Brief von Ralph legte sie zunächst an die Seite. Sie wußte nicht, ob sie sich freuen sollte oder nicht. Ein leichtes Übelkeitsgefühl befiel sie. Sie dachte an Georg.

Das Paket war von Oz. Er hatte liebevoll eingepackt: Marzipanbrote, ein Fläschchen Maltwhiskey, eine Dose mit Artischockenherzen und ein Buch aus der Uni-Bibliothek: *The Quest for a New Jerusalem*. Die ganze beiliegende Karte war mit seiner ausladenden Tintenschrift bedeckt:

»Hi, Jo – gewöhnst du dich ans Inselleben? Ich hoffe, einen ausführlichen Bericht zu hören, wenn du zurückkommst. Und laß dich nicht mit diesem Labadistenklub ein. Seems to be a bunch of crazy people. Love, Oz.«

»Danke, Oz«, murmelte sie. Dann nahm sie Ralphs Brief in die Hand. Es war das hellbraune, gemaserte Briefpapier, das sie noch zusammen gekauft hatten, mit lindgrün gefütterten Umschlägen. Ralph legte Wert auf schönes Briefpapier. Seine schnörkelige Schrift auf dem Umschlag gab ihr einen kleinen Stich. Wie lange sie sich schon kannten! Ob er eine andere Frau kennengelernt hatte? Stillschweigend hatten sie sich solche Möglichkeiten eingeräumt, um ihre Gefühlssituation nicht zu verfälschen.

Sie riß den Brief auf und las die wenigen Zeilen. Er beschrieb ihr einen seiner Tagesabläufe, wie er es meistens zu tun pflegte. Wie die Zeit verlief, nachdem er sie zum Flughafen gebracht hatte. Den ersten Abend allein. Seine Sehnsucht nach ihr. Wie er sie vermisse. Dann hörte der Brief abrupt auf. Er hatte ihn noch vor seinem Abflug zur Konferenz nach Tallahassee abgeschickt. Am liebsten würde sie ihn jetzt anrufen. Aber er war ja noch gar nicht wieder zurück! Hier auf der Insel ging alles so viel langsamer. Sie hatte das Gefühl für Zeit verloren.

Es sah aus, als habe der Regen einen Augenblick aufgehört. Sie nahm das Buch von Oz und ging an den Deich. Auch Frau Sanftleben nutzte die trockene Stunde. Die Kinder krochen den Deich empor. Inga lief unbeholfen voran. Ihre dicken Brüste wackelten unter dem rosa Kinderpullover.

Olaf saß abseits im Rollstuhl. Als er sie sah, winkte er.

Frau Sanftleben rief: »Fräulein Jo. Wie schön, Sie zu sehen, da freut sich der Olaf.«

Olaf wurde prompt rot. Jo lachte ihn freundlich an. »Hallo, wie geht's?«

»Haben Sie schon von Marcel gehört?« Frau Sanftleben sprach mit einem Ton von ihm, als gehörte auch er zu ihrer Schar. Hatte man ihn doch verhaftet?

»Nein. Was ist mit ihm?« fragte Jo.

»Ach Gott, der Junge gerät so oft in Schwierigkeiten. Gestern hat man ihn zusammengeschlagen.«

»Hier auf der Insel?«

»Nein, nein.« Frau Sanftleben wirkte müde wie immer. »Auf dem Festland. Er ist abends hinüber, wollte sich mal amüsieren. Na. Ein Junge in seinem Alter, kann man ja verstehen. Hat Streit bekommen in einer Kneipe. Vor der ›Elbe I‹, 'ner üblen Spelunke, haben sie ihm die Fresse poliert, wie er sich ausdrückte. Er hat uns angerufen.«

»Und wo ist er jetzt?«

»Er sieht furchtbar aus. Nun sind noch mehr Zähne raus. Wir haben ihn gleich zum Arzt geschickt.«

Olaf war inzwischen allein mit dem Rollstuhl nähergekommen. Frau Sanftleben ging ihm entgegen und sagte über die Schulter: »Wir müssen weiter. Besuchen Sie uns doch mal, Fräulein Jo.«

Sie wollte Olaf schieben. Aber er bestand darauf, selbst die Räder zu bedienen.

Jo setzte sich auf eine Bank. Im Fernglas entdeckte sie die Leute vom Meßtrupp im Watt, von denen Herr Sanftleben gesprochen hatte. Sie hatten anscheinend Möbius' Wagen gechartert.

Sie schlug das Buch von Oz auf. Den inneren Einband schmückte eine Weltkarte aus dem 17. Jahrhundert. »Labadists around the World«. Amiens, Utrecht, Altona, Herford, Nordstrand, Bohemia Manor in Maryland und Paramaribo in Surinam.

Sie blätterte und las die Beschreibung einer Atlantikpassage der Labadisten. Sie sahen Wale, Delphine, Quallen, Haie, fliegende Fische und Schildkröten. Beim Bermuda-Dreieck gerieten sie in einen schlimmen Sturm. Kaum drei Männer konnten das Steuerrad unter Kontrolle bringen, haushohe Sturzseen spülten über das Schiff, und die Takelage wurde schwer beschädigt. Schließlich landeten sie an der Küste von Cape Cod, wo nackte, von Bärenfett glänzende Indianer mit fettigen Haaren und roten Gesichtern sie empfingen.

Jo blickte auf und sah Marcel mit einem roten Bündel unter dem Arm im Hotel ›Zur Meereswoge‹ verschwinden. Auch eine Art von Indianer, dachte sie.

Sie las weiter. Das Leben in Surinam wurde zur Hölle. Man backte Brot, das wie Sägemehl schmeckte, und aus dem Fleisch, das man räucherte, krochen nach wenigen Tagen die Maden. Schlangen, Moskitos und Ameisen machten die Regenzeit zur Qual, und fiebrige Krankheiten rafften die Männer dahin.

Die Labadisten weigerten sich, von den Indianern zu lernen, Gott würde sie schon richtig lenken. So lernten sie nicht, wie man die bitteren von den süßen Cassavas unterschied, damit ein nach Kastanien wohlschmeckendes Brot entstand. Sie verstanden nicht, daß das Fleisch nur eßbar blieb, wenn es in der Sonne gedörrt wurde. Einem jungen Mann, der sich als allergisch gegen Getreideprodukte erwies, legten sie nahe, seinen Körper zu überwinden. Er wäre beinahe daran gestorben. Im Vertrauen auf Gott und seine weise Führung lehnten die Sektenmitglieder Hilfe und Ratschläge ab. Die Zeitgenossen schimpften über sie als halsstarrige dumme Leute, die sich durch nichts überzeugen ließen.

Das alles würde Frau Kuleska gar nicht gefallen, dachte Jo.

Gegenüber, im Hotel ›Zur Meereswoge‹, kamen mehrere Leute zusammen. Nun wurde es in dem kleinen Anbau mit dem Hotelschwimmbad lebendig. Das türkisfarbene Rechteck des Beckens erstrahlte von unten her, Lichtreflexe glitten über die Wände.

Jo holte ihr Fernglas heraus, nachdem sie sich vergewissert hatte, daß keiner ihr dabei zusah. Hinter den großen Glasscheiben, auf denen Silhouetten von Greifvögeln klebten, tauchten Menschen in bunten Morgenmänteln auf, die Kuleska in einem schwarzen Frotteeumhang voran, hinter ihr Marcel mit nassen Haaren, ein weinrotes Handtuch um die Hüften geschlungen.

Mit einem Tragaltar in der Hand ging die Kuleska um das Becken herum und stellte sich auf der Längsseite auf. Die übrigen bildeten eine Art Halbkreis.

Die Kuleska schien eine Ansprache zu halten. Sie fuchtelte mit den Armen, deutete nach oben, ins Wasser. Bekreuzigte sich. Die anderen sahen zu ihr, schienen ab und zu etwas im Chor zu rufen.

Dann trat Marcel vor. Er kniete am Beckenrand nieder. Eine kleine alte Frau stellte sich neben ihn. Es war Lisa aus dem Turm. Sie hielt ein muschelförmiges Becken. Die Kuleska hielt die Hände segnend darüber. Dann griff sie hinein und bespritzte Marcels fettige Haare. Das gleiche Schauspiel wiederholte sich nun bei vier anderen.

Schließlich faßten sich alle an den Händen und begannen, den Mundbewegungen nach zu urteilen, zu singen, während die fünf in ihrer Mitte ihre Morgenmäntel fallen ließen. Die Frauen tanzten um sie herum, bis sich der Kreis öffnete.

Die Nackten traten heraus und ließen sich ins Becken fallen. Auch die anderen legten ihre Morgenmäntel ab und sprangen ins Wasser. Sie planschten und schwammen umeinander.

»Haben Sie das Schauspiel eben verfolgt?«

Jo zuckte zusammen. Herr Kuleska war neben sie getreten.

»Sieht aus wie eine FKK-Veranstaltung.«

»Das war die Taufe. Bei den Labadisten gibt es nur die Erwachsenentaufe. Heute abend nehmen sie das Abendmahl ein.«

»Und wieso sind Sie nicht dabei?«

Er schien die Frage komisch zu finden.

»Das ist etwas für Frauen«, sagte er schließlich. »Und Frauen sind seltsame Wesen.«

Jo mußte lachen. »Ist das ein Kompliment?«

Er sah sie durch seine dicken Brillengläser an. »Sie sind nicht typisch. Sie können zuhören.«

Das klang bitter.

»Wissen Sie eigentlich etwas über den Möbius, der wegen politischer Geschichten nach Amerika ging?«

Herr Kuleska sah sie überrascht an.

Er mochte die Frage ebensowenig wie Sanftleben. Er zeigte zur Schwimmhalle, wo eben die Getauften wieder das Becken verließen und sich in ihre Mäntel hüllten. Aber Jo ließ nicht locker. »Zuhören kann man nur, wenn jemand auch etwas zu erzählen hat, Herr Kuleska. Jetzt sind Sie dran!«

»Das war der mittlere von den drei Brüdern. Irgendwas war vorgefallen. Jedenfalls wollte man ihn nicht mehr auf der Insel haben. Er ging. Er war mit allen verfeindet.«

»Stimmt es, daß 99 Prozent der Insulaner Nazis waren?«

»Wie auf dem Festland drüben auch.«

»Und nur dieser Möbius nicht. Die Leute hier tun sich schwer mit Außenseitern, was? Wenn ihnen jemand in die Quere kommt, halten sie zusammen.«

Er warf ihr einen kurzen Blick zu, sagte aber nichts.

Die Insel, die am liebsten heim ins Reich geschwommen wäre, dachte sie.

Die Gesellschaft in Morgenmänteln verließ das Hotel. Marcel

schien überglücklich. Er strahlte übers ganze Gesicht. Die Kuleska ging voraus. Dann hob sie den Arm, und alle blieben stehen:

»Sündiger Mann, sündige Frauen, laßt uns für heute abend Jesus einladen zu einem Bankett und ihm eure Herzen, von Gram gebrochen, mit Reue gewürzt, vom Glauben zubereitet und in den Flammen der Liebe gekocht als eine angenehme Speise reichen.«

»Ein historischer Text«, flüsterte Kuleska.

Daraufhin zog die Prozession laut singend an ihnen vorbei, ohne sie mehr zu beachten als die meckernden Schafe im Vorland.

Jo spürte, daß Kuleska von dem Theater peinlich berührt war.

»Ein paar gute Ideen hatten die Leute«, sagte er. »Sie haben die päpstliche Unfehlbarkeit geleugnet und die reale Wandlung von Brot und Wein in den Leib und das Blut Jesu.«

Sie blieben eine Zeitlang schweigend auf der Bank sitzen. Für einen Augenblick war die Sonne herausgekommen und verwandelte das bleierne Wasser in ein silbern und golden glänzendes Meer. Die Silhouetten der Seevögel an der Wattkante nahmen sich schwarz und deutlich davor aus.

»Warum müssen alle immer an etwas glauben wollen«, sagte Jo halblaut, fast mehr zu sich selbst.

Kuleska lachte leise.

»Sind Sie gläubig?« fragte Jo. Er antwortete nicht.

»Ich hatte an der Uni eine Professorin, die sich einmal das Bein gebrochen hatte. Sie humpelte mit ihrem Gipsbein ins Klassenzimmer, legte ihren großen Spazierstock, auf den sie sich stützte, quer aufs Pult und meinte: ›Endlich habe auch ich einen Gott. Er ist mein Halt und meine Stütze. Vier Wochen lang immerhin, bis der Gips ab ist.‹«

Kuleska sah schuldbewußt vor sich hin. »Meine Frau hat es schwer gehabt in ihrer Jugend. Sie hat sehr an ihrem Vater gehangen. Von ihm stammt auch der Schmuck, den sie trägt. Die Brosche mit der Jakobsmuschel ist ein Erbstück.« Es klang wie eine Entschuldigung.

»Es war ein schöner, kräftiger Gott, der Gott jener Professorin damals«, schloß Jo und erhob sich. »Ganz und gar aus Eiche.«

Sie lief den Deich hinab, ans Wasser, auf den Horizont zu.

Kuleska blickte ihr verwirrt nach.

17

Es gab keinen Strand hier. Die Wellen schlugen bei Hochwasser direkt gegen die mit Steinen befestigte Böschung der Insel, bei Ebbe begann gleich hier das graue Schlickwatt. Noch waren die Vögel draußen am Wassersaum: Sanderlinge trippelten vor den Wellen einher, die roten Schnäbel der Austernfischer leuchteten weithin. Bei Hochwasser kamen sie alle aufs Vorland zurück.

Das Wasser floß seit dem Vormittag wieder unaufhaltsam heran, ein großer Teil der Watten war bereits überflutet. Der Mond zog das Wasser über den Globus, von einer Seite der Erde auf die andere. Alle zwölf Stunden die Wasserberge, ewiger Zyklus. In wenigen Stunden würde Neuwerk wieder mitten im Meer liegen. Niemand konnte jetzt von der Insel fort. Für Schiffe war es zu flach, zum Laufen zu tief. Ebbe und Flut waren die Gefangenenwärter der Insulaner.

Sie bog um die Südostspitze der Insel. Ein einzelner verspäteter Wattwagen preschte heran. Es war Möbius, der auf dem Bock saß und die Pferde antrieb. Auf der mittleren Bank saßen zwei Männer, offenbar die beiden Hamburger Wissenschaftler, hinter ihnen lag eine Gestalt quer über die Bank gestreckt.

Wie man bei diesem Geruckel schlafen kann, dachte Jo und holte ihr Glas hervor. Als sie den Wagen scharf im Visier hatte, bekam sie einen Schreck: Der Mann hinten war über und über mit Schlamm bedeckt.

Der Wagen erreichte den gepflasterten Weg, der zum Turm führte, und die Pferde fielen in eine langsamere Gangart. Jo steckte ihr Glas ein und begann zu laufen. Oben auf dem Deich stieß sie auf Frau Sanftleben mit den Kindern.

»Ach du lieber Himmel! Lassen Sie bloß meine Gruppe nichts davon mitkriegen, sonst sind sie wieder tagelang unruhig. Kommt!« Sie rief ihre Horde zusammen, die alle dem Pferdewagen nachschauten. »Kommt, es gibt gleich Essen.«

Nur Olaf hatte sich abgesetzt. Auf halber Strecke zwischen Jo und Möbius trieb er seinen Rollstuhl mit kräftigen Bewegungen an.

Herr Kuleska winkte ihr zu, während er keuchend herbeigelaufen kam. »Was ist passiert? Stimmt das, Groot ist tot?« rief er völlig außer Atem.

Jo begann zu rennen. Kuleska hinterher. »Warten Sie, nicht so schnell. Mein Herz.«

Sie hakte ihn unter und lief mit ihm die Deichkrone entlang. Olaf vor ihnen hatte das Fuhrwerk fast eingeholt, als er plötzlich anhielt. Er drehte den Stuhl und fuhr Jo entgegen. Sie nahm den Griff der Rollstuhllehne in beide Hände und begann zu schieben. Sie spürte förmlich, wie Olaf sich darüber freute.

Groot ist tot! ging es ihr mit jedem Schritt wie ein Abzählvers durch den Kopf.

Als sie zum Turmplatz kamen, umstanden schon viele Leute Möbius' Gespann. Es war tatsächlich Groot, und er *war* tot. Olaf drehte sich zu ihr um und machte ihr ein Zeichen. Er wollte näher an den Wagen. Alle traten zur Seite, um dem Jungen und Jo Platz zu machen.

Rüsch in seinem blauen Troyer stand neben Möbius und sagte eben: »Vor kurzem noch hab ich mit ihm gesprochen. Kaum zu glauben, wie schnell es einen erwischen kann.«

Sie mochte ihn nicht, aber sie glaubte nicht, daß er gut schauspielern konnte. Anscheinend war er wirklich bestürzt.

»Ich wollte ihm noch...« Rüsch fuhr herum, als ein hohes Kichern hinter ihm ertönte.

»Wenn ich rede, hast du Pause!« zischte er. Es war Lisa. Sie schien gar keine Angst mehr vor ihm zu haben wie noch neulich im Treppenhaus des Turms. Sie schob Rüsch beiseite, um die Leiche besser zu sehen.

»Der Graue Mann«, sagte sie und kicherte wieder. Dabei

preßte sie ihre kleinen Fäuste vor den Mund wie ein Kind. »Der Graue Mann hat sein Opfer geholt.«

Groot, über und über von Schlamm und Lehm bedeckt, sah tatsächlich aus wie ein grotesker grauer Mann.

Die beiden Männer vom Institut, denen schon an ihrer saloppen Stadtkleidung anzusehen war, daß sie nicht auf die Insel paßten, mußten glauben, in einem Irrenhaus gelandet zu sein.

»Wo haben Sie ihn gefunden?« fragte Jo. »Ich habe ihn nämlich gestern noch auf Scharhörn gesehen.« Sie fing einen haßerfüllten Blick von Rüsch auf.

»Draußen bei den Mahlsänden. Er war schon fast versunken, nur eine Schulter und ein Arm ragten noch heraus. Er muß da hineingeraten und bei der ersten Flut ertrunken sein. Dann mit jeder Tide tiefer gesunken. Nach dieser Flut wäre mit Sicherheit nichts mehr von ihm zu sehen gewesen.«

Herr Kuleska drängte sich neben Jo. In einer gewichtigen Art, die Jo noch gar nicht an ihm kannte, sagte er: »Die Mahlsände, meine Herren, oder, wie die Amerikaner sagen: die Quicksände –« er warf Jo einen triumphierenden Blick zu – »haben unzählige Schiffe und Menschen verschluckt. Sie sind das Bermuda-Dreieck des Watts sozusagen. Ich selbst war Zeuge, wie ein gestrandetes Lotsenschiff, das am nächsten Tag geborgen werden sollte, dort innerhalb einer Tide so weit versank, daß man es verlorengeben mußte.« Er machte eine kurze Pause und sagte dann hastig, als hätte er Angst, unterbrochen zu werden: »Aber an diesem Fall, meine Herren, gibt es noch einen besonderen Aspekt: Der Tote ist Holländer.« Er sah Jo an bei diesen Worten. »Und vor genau siebenhundert Jahren kam schon einmal ein Holländer dort ums Leben. Der Mijnheer aus Utrecht.«

Er machte ganz erschöpft eine Pause, und es war den Hamburgern anzusehen, daß sie nicht wußten, was sie von allem halten sollten. Kuleska blickte Jo hilfesuchend an.

»Dies ist Herr Kuleska«, stellte sie ihn vor, »er war Geschichtslehrer in Altona und übersetzt zur Zeit die lateinische Chronik der Insel.« Kuleska hatte wieder Luft geschöpft und warf ihr einen dankbaren Blick zu.

Inzwischen war ein Hubschrauber über ihnen aufgetaucht und ging mit ohrenbetäubendem Geknatter auf der Weide vorm Turm nieder. Das Gras legte sich platt unter dem Wind, die Männer, die ausstiegen, hielten ihre Mützen fest.

Herr Kuleska versuchte den Lärm zu übertönen: »Und es heißt in dieser Chronik, daß der Geist des Toten aus dem Mittelalter als Grauer Mann im Nebel umgeht, bis er nach siebenhundert Jahren erlöst wird.«

»Und wieder durch einen holländischen Baumeister«, sagte eine Stimme. Nachdem das Geknatter des Hubschraubers ausgesetzt hatte, schienen diese Worte in der plötzlich entstandenen Stille überlaut. Jo sah sich um. Es war Frau Kuleska.

Offenbar waren die Labadistinnen durch den Tumult im Hof und die Ankunft des Hubschraubers in ihrer Versammlung gestört worden. Nach und nach tauchten immer mehr Frauen aus dem Gewölbekeller im Turm auf. Einige trugen einfache, lange wollene Kleider und hielten kleine Bücher in der Hand.

Olaf begann, sich in seinem Stuhl unruhig hin- und herzubewegen. Es kam Jo vor, als habe er Angst. Sie beugte sich zu ihm.

»Wer seine Nase überall reinsteckt, muß sich nicht wundern, wenn er in Schwierigkeiten kommt!« Rüsch schimpfte lautstark. Es war nicht ganz sicher, wen er meinte, Jo, Groot oder Kuleska.

Die Frauen standen unschlüssig um den Wagen und machten Platz, als jetzt die Beamten vom Hubschrauber ankamen. Jo erkannte Grinzow, auch er hatte sie gesehen und grüßte mürrisch.

»Soll das hier ein Kostümfest sein oder was? Bitte machen Sie doch Platz, Herrgott!« Er schob die Frauen beiseite. »Gehen Sie, was wollen Sie denn alle hier!«

Grinzow warf nur einen kurzen Blick auf Groot. »Gibt es hier einen Raum, den Sie uns für die Vernehmungen zur Verfügung stellen können?«

Die Wirtin aus der Turmschenke trat vor.

»Ein Nebenzimmer der Gastwirtschaft. Allerdings läßt die Tür sich nicht fest verschließen.«

»Besser als nichts«, sagte Grinzow. Er wandte sich den Hamburgern zu. »Gehen Sie doch bitte schon hinein. Und Sie bitte ich auch mitzukommen, damit ich Ihre Aussagen anschließend zu Protokoll nehmen kann.« Er blickte erst Rüsch an und dann Jo.

Sie nickte. Rüsch brummte etwas, das nicht zu verstehen war.

Jo beugte sich zu Olaf. »Wie kommst du jetzt zurück?«

»Lassen Sie mal, ich bring ihn zum Heim.« Es war Herr Flick. Olaf beugte sich aus seinem Stuhl und streichelte Lila.

Jo setzte sich in eine der Nischen in der Turmwand, in die gerade ein Tisch und zwei Stühle paßten. Die Wirtin stand unschlüssig hinter der Theke und begann, Gläser zu spülen. Von nebenan aus dem Vernehmungszimmer war das Klappern und Klingeln der Schreibmaschine zu hören.

Rüsch rauchte. »Bringen Sie mir ein Pils.«

Obwohl die Tür nach draußen offenstand, roch es schal in der Gaststätte; der Geruch von abgestandenem Bier und kalter Asche, der aus keiner Kneipe zu vertreiben war.

Jo spielte mit den Bierdeckeln in der Halterung. Auf jedem Tisch lagen Deckchen aus gewebter Baumwolle mit einem Lochmuster, darauf kleine Vasen mit verstaubten Plastikrosen. Sie spürte plötzlich, wie wenig sie eigentlich mit den Menschen hier zu tun hatte.

Rüsch hatte inzwischen sein Bier bekommen. Er wartete, bis der Schaum zusammengefallen war. Dann trank er es in einem Zug aus. Auch er starrte vor sich hin. Er sah einsam aus, fand Jo.

»Haben Sie eine Zeitung?« Die Wirtin nickte und gab ihr die Zeitung vom Vortag.

Nach einer Weile öffnete sich die Tür zum Nebenraum, und die Hamburger kamen heraus. Hinter ihnen erschien ein Beamter und sagte: »Herr Rüsch, bitte.« Es war wie beim Zahnarzt.

Rüsch erhob sich und humpelte in den kleinen Raum. Der Beamte schloß die Tür.

Die Hamburger stellten sich an die Theke. »Zwei Köm, doppelte bitte«, bestellte der eine und sah sich nach Jo um. Die werden heilfroh sein, wenn sie fortkommen, dachte sie. Sie stand auf.

»Mir auch einen«, bestellte sie. »Ihnen ist es heute so gegangen wie mir vor ein paar Tagen«, sagte sie. »Man kommt auf die

Insel, um etwas ganz anderes zu suchen, und dann findet man eine Leiche.«

»So spielt das Leben! Unglaublich, aber wahr! Ich sage lieber: Prost!« Sie nahmen die randvoll geschenkten Gläser und kippten den Schnaps hinunter. Die beiden Männer bestellten noch eine Lage, Jos Glas war noch dreiviertel voll.

»Ich war noch nie auf Neuwerk«, sagte der eine. »Und ich glaube, so schnell werde ich auch nicht wiederkommen.«

Jo lachte. Das Land des ewigen November, mußte sie denken. Ihr würde die Insel trotzdem fehlen.

»Haben Sie eigentlich etwas herausgefunden über die radioaktiven Belastungen?«

Der jüngere, der bisher noch gar nichts gesagt hatte, meinte: »Es sind nur ganz geringe Konzentrationen, allerdings in höherer Dichte als an der ostfriesischen Küste. Mit anderen Worten: Die Quelle müßte in dieser Gegend zu orten sein.«

»Mensch, wir müssen los.« Der andere hatte seinen Parkaärmel hochgeschoben und spähte auf seine Uhr. »Sonst fährt der Inseldampfer ohne uns ab. Und«, er zwinkerte Jo dabei zu, »eine ganze Nacht hier würde ich vielleicht nicht heil überstehen.«

Er rief nach der Wirtin, zahlte, auch den Köm für Jo, und lief los.

»Ihnen alles Gute! Lassen Sie sich nicht unterkriegen«, rief er ihr von der Tür aus zu.

Die Wirtin war wieder in die Küche verschwunden. Jo konnte jetzt die Stimmen und das Klappern der Schreibmaschine von nebenan hören. Rüsch redete so laut, daß sie fast jedes Wort verstand. Er erzählte weitschweifig von Nigehörn. Die Anwesenheit des Mannes, der die Zigarre geraucht hatte, ließ er dabei aus dem Spiel. Er habe Groot getroffen, weil er ihm bei Geschäften behilflich gewesen sei.

»Was für Geschäfte?« Grinzow klang ärgerlich.

Rüsch schwieg. Man spürte förmlich durch die Tür, wie Grinzow ungeduldig wurde.

»Na, raus mit der Sprache, ich habe nicht vor, den ganzen Tag mit Ihnen zu verbringen.« Es dauerte, bis Rüsch sagte:

»Na ja, es ging um eine nicht ganz legale Sache.«

»Nun machen Sie schon.«

Die Wirtin kam zurück und fragte, ob Jo noch irgend etwas wolle. Sie bestellte einen Espresso. Die Frau stellte die blitzende Maschine an, und einen Augenblick später floß mit lautem Zischen das heiße Wasser in die Tasse. Als Jo endlich wieder etwas verstehen konnte, war Rüsch dabei, umständlich zu erzählen, wie er mit dem kleinen Motorboot ›Warkbalje‹ von Nigehörn zum Festland am Altoxstedter Tief gefahren sei.

»Das Schiff ist für Steuerung bei Nebel ausgerüstet. Ist früher eigens mal für die Arbeiten am Vorhafen von einer Holländer Werft gebaut worden«, fügte er erklärend hinzu. Auf dem Festland habe er das Boot vor Anker gelegt. Man könne in der Gaststätte ›Zum Ankerplatz‹ in Spieka-Neufeld nachfragen, wo er mehrere Glas Bier und ein paar Gehenkte getrunken habe. Eigentlich hatte er vorgehabt, bis nach Cappel-Neufeld zu fahren, den Plan aber wegen der schlechten Sicht aufgegeben.

»Gehenkte?« Der Polizeibeamte verstand nicht – genau wie Jo beim ersten Mal –, wovon die Rede war.

»Ein Schnaps ist das. Ein ganz normaler Köm, mit einem Gehenkten drin. Eine Sardelle, die im Schnaps ersäuft. Fett und salzig, damit der Alkohol eine Grundlage hat.« Jo schüttelte sich in Erinnerung an den Geschmack. Frau Kuleska hatte das Zeug gekippt wie ein Mann.

Grinzow wurde wieder laut. »Dieses ganze Seemannsgarn werde ich überprüfen lassen. Und wehe, es stimmt nicht. Dann kannst du dich auf was gefaßt machen.« Rüsch brummte irgendwas, das sie nicht verstand, dann stand er wieder im Schankraum. Der Beamte hinter ihm winkte Jo, sie solle kommen.

Der kleine Raum war auch bloß eine Nische in der dicken Turmwand. Offenbar hatte man hier lange nicht gelüftet, es roch muffig. Der Polizist an der Maschine nahm ihre Personalien auf. Dann fragte Grinzow sie nach Groot. Sie sprach so leise, daß sie sicher sein konnte, nicht durch die Tür verstanden zu werden. Sie erzählte, wie sie im Nebel auf Nigehörn das Gespräch belauscht hatten und Groot wenig später auf Scharhörn auftauchte.

»Haben Sie denn jemanden erkennen können?« Grinzow stand vor dem winzigen Fenster und bückte sich, um hinauszusehen. Jo betrachtete seinen stark geröteten Halsansatz, die kurzgeschnittenen grauen Haare. Ein Typ wie Groot, dachte sie.

»Nein, zu sehen war niemand. Aber ich habe sie an den Stimmen erkannt.«

»Sie sind doch Amerikanerin?« Er drehte sich zu ihr um.

Jo nickte. Als hätte er eben bei der Personalienaufnahme nicht zugehört.

»Und Sie sagen, daß Sie aus einer gewissen Entfernung drei verschiedene Stimmen herausgehört haben?«

»Ich bin mir sicher.«

»Nun, wir haben Ihre Aussagen zu Protokoll genommen. Wenn wir Sie noch einmal brauchen, werden wir Sie benachrichtigen. Wie lange sind Sie noch hier?«

»In drei, vier Tagen reise ich ab.«

»Gut, das genügt.« Er öffnete ihr die Tür. Sie war fast enttäuscht über die Kürze des Verhörs.

Auf dem Weg zurück zum Zelt überlegte sie. Vielleicht sollte sie doch schon eher abreisen. Was machte sie noch hier? Wohin gehörte sie überhaupt? Sie fühlte sich nicht gut. Alles schien grotesk. Wie ein schlechtgeschriebenes Theaterstück. Ihr war übel. Vielleicht lag es an dem Köm.

Sie ließ sich im Zelt auf den Schlafsack fallen und starrte ins Leere. Schließlich gab sie sich einen Ruck. »Komm, Jo. Das ist eine deiner Stimmungen. Hol die Flöte raus, dein bestes Mittel gegen Weltschmerz.«

Mit ihrem kleinen schwarzen Kasten, der ganz unten im Rucksack lag, ging sie zum Deich. Sie packte die drei Teile aus, setzte sie zusammen und hob die Flöte an die Lippen. Das kühle, glatte Metall wirkte beruhigend.

Drüben am Turm hob der Hubschrauber ab. Die zweite Leiche. Auch Groot würde man natürlich nicht auf dem ›Friedhof der Namenlosen‹ beisetzen. Als der Lärm des Propellers verklungen war, begann sie zu spielen. Einzelne dunkle Töne, lang und leise. Dann Oktavsprünge, schneller und heller. Es tat gut. Sie hatte das Gefühl, sich in der Zeit zurückzuspielen.

Sie spielte wie in Trance. Die Melodien kamen von selbst. Klänge, die sich zu Landschaften fügten, endlose Sände. Sie schloß die Augen. Sände in Bewegung, wie sie sich seit Jahrhunderten, seit Jahrtausenden übereinanderschoben, rosige Muscheln von der Oberfläche in die Tiefe sogen, Schiffe, Menschen, uraltes Muschelgeld; sie irgendwann wieder ausspuckten, silbernen Hanseschmuck aus der Seeräuberzeit an die sumpfigen Küsten Virginias, auf den jungfräulichen Strand, feucht am Morgen, mit Schaumkrönchen besetzt. Sie spielte und spielte – das helle Wasser, das über die Watten läuft ohne Einhalt; den Nebel, das lichte, zartweiße Dunkel, frisch geschmolzenes Silber, durch das das Sonnenlicht hindurchgesiebt wurde; den rauchigen, bleiern schweren Nebel, den der Graue Mann seit siebenhundert Jahren durchschritt und der die Insel abschloß von der übrigen Welt; die Stummheit der Insel im Nebel und die Stummheit ihrer Menschen.

Als sie absetzte, hatte sie das Gefühl, beobachtet zu werden. Sie drehte sich um. Olaf saß nur wenige Schritte von ihr in seinem Rollstuhl und starrte sie an. Sie hatte ihn nicht kommen gehört. Langsam nahm Jo die Flöte auseinander, reinigte sie mit dem Flötenputzer und legte sie in den Kasten zurück. Olaf hatte eine Plastiktüte dabei. Er lächelte sie an. Der ganze Junge strahlte. Sie winkte ihm, und er kam und griff nach ihrer Hand.

»Was ist mit dir, Olaf?« fragte sie. Er wollte etwas sagen, war aber so aufgeregt, daß er nur unzusammenhängende Silben stammelte. Plötzlich nahm er die Tüte und hielt sie ihr hin.

»Für mich?« Er nickte. »Soll ich hineinsehen?« Er nickte wieder.

Sie holte sein Geschenk hervor. Es war eine kleine Figur, aus weichem, grauem Knetgummi modelliert und im Ofen hart gebacken. Eine Art Götze, mit gedrungenem Körper. Der Kopf der Gestalt hatte zwei Gesichter. Ein männliches und ein weibliches. Es war erstaunlich, wie gut dem kleinen Künstler der Unterschied gelungen war.

»Das ist aber schön, Olaf. Ich werde es Georg zeigen. Ich will ihn morgen ganz früh besuchen.«

Olaf strahlte, drehte seinen Stuhl um und fuhr davon.

18

Als Jo auf Scharhörn ankam, wunderte sie sich, daß Georg ihr nicht entgegenkam. Unwahrscheinlich, daß er noch schlief. Die Armbanduhr, die Herr Kuleska ihr geliehen hatte, zeigte kurz nach neun.

Sie kletterte die Holzleiter zu seiner Hütte empor und erschreckte den Gartenrotschwanz, der wie immer im ausgeschnittenen Herz der Klotür saß und sein Nest zu bauen begann.

Oben auf der Balustrade stand das Stativ mit dem Fernrohr, durch das man jeden, der auf Scharhörn zulief, schon von weitem erkennen konnte.

Sie rief seinen Namen. Niemand öffnete die weißgestrichene Schlafkojentür, an der das Schild »Crew only« hing. Sie rüttelte an der Türklinke. Abgeschlossen. Durch das Fernrohr konnte sie niemanden entdecken, auch nicht an der Kante zum Fahrwasser. Vielleicht war er nach Nigehörn gelaufen, sie wollte es genau wissen.

Nach einer halben Stunde betrat sie die neu aufgespülte Insel. Vor zwei Tagen erst hatten sie und Georg hier gepicknickt und die Unterhaltung der Männer mitgehört. Zögernd ging sie auf den Bauwagen zu und rief schon von weitem, um sich rechtzeitig bemerkbar zu machen. Doch niemand öffnete die Tür oder trat an das kleine Fenster. Es blieb dunkel, die Glasscheibe spiegelte die Sände zurück. Trotzdem klopfte ihr das Herz.

Sie nahm ihren Mut zusammen und ging zum Fenster. Mit einem Aufschrei flog eine Lachmöwe davon, die auf dem gewellten Blechdach gesessen hatte. »Shut up«, fluchte sie. Es war nichts zu sehen bis auf einen Holztisch und eine Bank. Sie probierte die Tür aus. Sie war unverschlossen.

Drinnen roch es nach kaltem Zigarrenrauch. Auf dem Tisch ein paar leere Bierflaschen, die Bauchbinde einer Zigarre. Auf dem Boden lag eine Zeitung, Jo hob sie auf. Es war die Ausgabe der Hamburger Zeitung, die über den Tod der Frau berichtet hatte. Die Meldung war mit einem Filzstift angestrichen.

Wo mochte Georg sein? Jo ertappte sich dabei, wie sie leise seinen Namen aussprach. Als sie sich auf der Bank niederließ, drückte etwas in ihrer Hosentasche. Olafs Plastik. Sie drehte die Knetfigur zwischen den Fingern. Zwei Gesichter. Was mochte Olaf sich dabei vorgestellt haben?

Sie fühlte sich müde, streckte sich auf der Bank aus. Hier brauchte sie offenbar viel mehr Schlaf als sonst. An den Wänden hingen Seekarten der Elb- und Wesermündung aus verschiedenen Jahrhunderten. Wie die Finger einer riesigen weißen Hand griffen die Tiefs zwischen die hellblauen und gelben Flächen.

Als sie wieder auf die Uhr sah, bekam sie einen Schreck. Jetzt wurde es wirklich Zeit. Von Nigehörn brauchte sie ungefähr eineinviertel Stunden bis nach Neuwerk. Niedrigwasser war längst vorbei.

Sie trat hinaus. Das Wetter hatte sich verändert. Die Luft war viel wärmer geworden und der Wind vom Morgen eingeschlafen. Die Silhouette Neuwerks verschwand gerade im Dunst über dem Watt. Nur die Pricken, die schwarzen Büsche, die den Weg markierten, hoben sich deutlich ab. Solange sie die vor sich hatte, konnte ihr nichts passieren. Außerdem hatte sie diesmal daran gedacht, ihren Kompaß einzustecken.

Es war so warm geworden, daß sie bald zu schwitzen anfing und ihren dicken Wollpullover auszog. Der Himmel hatte einen mattseidenen Glanz. Alles schien sich in sich selbst zu spiegeln. Wolken schwammen in den Wasserlachen, und der Himmel glich dem Meer. Blaue und graue Farben liefen ineinander. Wirklichkeit und Täuschung waren kaum zu unterscheiden.

Plötzlich sah sie weiße Häuser linkerhand, rote Dächer, dunkelgrüne Bäume dazwischen. Lief sie in die falsche Richtung? Nein, sie konnte die Pricken erkennen. Mit dem Unterschied, daß sie jetzt einen Kreis um sie herum zu schließen schienen.

Verlief der Weg in so vielen Windungen? Das war ihr vorher nicht aufgefallen. Sie war sich sicher gewesen, daß links die offene See liegen mußte.

Sie blieb stehen und fischte in ihren Taschen nach dem Kompaß. Sie brachte das »N« der Kompaßrose mit der Nadelspitze zur Deckung und peilte einen Kurs von fünf Grad Südost an. In dieser Verlängerung mußte der Turm liegen. Sie war also tatsächlich in der falschen Richtung unterwegs.

Anders als bei Nebel, wo oft gerade noch die nächste Markierung schemenhaft zu erkennen ist, tauchten jetzt plötzlich überall Pricken auf, schienen zu flimmern und sich zu bewegen, verschwanden wieder. Tanzende Hexenbesen. Da wußte sie: eine Fata Morgana. Sie hatte es schon einmal erlebt. Es war das Wetter dafür, dieser plötzliche Umschlag in Wärme, ein paar Stunden nach Sonnenaufgang. »Mirages«, hieß es auf englisch. Sie sagte sich das Wort vor, als wolle sie der Erscheinung dadurch das Unwirkliche nehmen. Das deutsche Wort hatte einen orientalischen Klang.

Damals war sie mit Ralph im Auto unterwegs an die Westküste gewesen, als sie in der Mojave-Wüste in Kalifornien plötzlich diese atmosphärische Erscheinung sahen. Durch Krümmung der Lichtstrahlen und ihre Brechung in Luftschichten wechselnder Dichte entstanden Spiegelungen von oft weit entfernten Objekten. Ihre Klarheit und Farbigkeit wirkte täuschend echt. Georg hatte sie gewarnt vor diesem Wetter.

Noch immer flimmerten die Häuser mit den roten Dächern zu ihrer Linken. Es war das Phantom einer wirklichen Landschaft, irgendwo im weitläufigen Mündungsgebiet von Elbe und Weser. Sie mußte vorsichtig sein, Niedrigwasser war längst vorbei. Schon hörte sie das Watt singen. So hatte Georg es genannt. Dieses feine Zischen, mit dem das steigende Grundwasser zahllose Luftbläschen im Sand nach oben trieb, die Vorankündigung zur Flut.

Das Wasser kam schnell näher. In glatten Zungen leckte es über den Sand und überzog in kurzer Zeit ganze Flächen des geriffelten Wattbodens. Aber man konnte keine Richtung daran ablesen, denn das Wasser lief nicht direkt auf die Küste zu, sondern folgte den Mulden, Prielen und kleinen Canyons im Sand. Stimmte die Richtung?

Schon wurden ihre Füße überspült, dabei hatte sie eben noch mehrere Quadratmeter trockener Fläche um sich herum gehabt. Sie fühlte Panik in sich hochkommen, zwang sich, stehenzubleiben und noch einmal auf den Kompaß zu sehen. Es war merkwürdig, die Sonne stand für ihr Empfinden viel zu schräg hinter ihr. Wenn sie nicht alles täuschte, hätte sie ein Stück weiter nach rechts laufen müssen. Andererseits mußte sie sich wohl auf den Kompaß verlassen. »Damn it«, rief sie. »Get going.«

Sie lief weiter auf dem neuen Kurs in der Hoffnung, irgendwann auf die Hundebalje zu stoßen, den Priel, der zwischen Neuwerk und Scharhörn lag und den sie unbedingt rechtzeitig erreichen mußte. Weiß blendete eine Bank mit Muschelschill. Sie mußte aufpassen, nicht auf eine der scharfen Schalen zu treten, die mit der Schneide nach oben aus dem Sand ragten. Wenn es die falsche Richtung war, blieb ihr nicht viel Zeit. Ihr Herz pochte, in ihren Ohren rauschte es. Rechts von ihr in der Ferne tauchte eine Ansammlung von Gestalten auf, wie Muschelsucherinnen auf alten Gemälden in der Tate Gallery. Sie glaubte erkennen zu können, wie sich die Frauen vornüberbeugten, Muscheln in ihre Körbe sammelten. Schwarze lange Röcke wehten im Wind. Riefen sie nicht auch? Sie blieb stehen. Immer wieder schien es ihr, als wären da ferne Stimmen. Ein schwaches, leises Rufen. Waren es Menschen, die riefen und ihr zuwinkten? Durchs Fernglas versuchte sie, mehr zu erkennen. Doch die Konturen zerflossen zu ungegenständlichen Bildern.

Plötzlich verschwanden die Häuser zu ihrer Linken. Sie spürte, wie Wind aufkam. Vielleicht wurde die Sicht jetzt klarer. »You stupid fool!« Sie verfluchte sich selbst. Was mußte sie auch so spät loslaufen!

Mit zunehmendem Wind verstärkte sich auch das Rufen; es klang jetzt wie das Schreien eines Tiers. Sie lief weiter, bis sie an einen Priel kam. War dies die Hundebalje? Dann sah sie die Boje: in der Mitte des Priels, an der Mündung zur Nordsee hin.

Denn nur dort lagen die Heulbojen als Orientierungshilfe für die kleineren Schiffe, wie sie auf den Karten gesehen hatte. Jetzt wußte sie, sie mußte sich verlaufen haben. Sie stand auf einem erhöhten Stück Sand, einem der wenigen letzten trockenen Sandrücken inmitten dieser Wasserwüste, und alles, was sie sehen konnte, war die Boje, aus der die Heultöne kamen. Zinnoberrot glänzte sie und bewegte sich in einem trägen Tanz mit den Wellen. Die Boje schwamm in den Priel hinein, bis die nächste Welle sie wieder unter Wasser tauchte, die Luft zusammenpreßte und ihr dann beim Auftauchen diesen heulenden Ton abrang. Die Bodenkette, mit der sie im Wasser verankert lag, knirschte und ächzte; jedesmal wenn die Welle zurückfiel, die Luft wieder zurückströmte, ertönte dies langgezogene Heulen, das aus einem bodenlosen Loch zu kommen schien, für das es keine Ränder, keine festen Begrenzungen gab. Jo hatte das Gefühl, sich irgendwo festhalten, sich anklammern zu müssen, um nicht mitgerissen zu werden.

Sie wollte losrennen, sich mit aller Kraft herauskatapultieren aus diesem Sog – und blieb regungslos am selben Fleck stehen, den das auflaufende Wasser kleiner und kleiner werden ließ.

Sie atmete tief ein, als könne sie durch das Luftholen eine neue Kraft in sich hineinziehen, und stieß einen Schrei aus. Sie hörte ihn kaum, der Wind entriß ihr den Laut, fegte ihn in kleinen Fetzen davon.

Sie konnte nicht mehr klar denken. Die rote Boje lag in der Mündung vor ihr, eine Hure von Wind und Wellen, die aufstöhnte, wenn die Wellen es wollten, an ihrer Kette fortlief und die Freiheit begehrte, sich wieder einfangen ließ und aufstöhnte. Jo hielt sich die Ohren zu, sie konnte es nicht länger ertragen und lief die Uferkante des Priels entlang, bis sie eine seichtere Stelle fand. Sie ging ein paar Schritte voran, konnte den hellen, welligen Boden unter dem schnell dahinfließenden Wasser erkennen. Plötzlich gab er unter ihren Füßen nach, und sie fühlte sich fortgerissen von der Strömung, ausgelacht von der roten Hure da draußen, die sich ihrer Kette sicher war. Die Strömung riß sie in den Trichter des Tiefs hinein. Sie schluckte Wasser, und das Salz brannte ihr in der Kehle. Sie mußte husten. Jede Bewegung schien vergeblich, sie konnte gegen diesen Sog nichts ausrichten. Es gab keine andere Möglichkeit: Sie mußte sich einfach den Wellen überlassen. Und plötzlich war die Trägheit verschwunden, sie fühlte den Auftrieb ihres Körpers, der leicht im Wasser zu schweben schien. Die wilde Kakophonie aus Wind und Wasser wich, und im Zentrum des Tosens entstand eine Ruhe, die sie sonst nur kannte, wenn sie ihre Flöte spielte. Sie fühlte sich größer werden, ihren Körper sich ausdehnen – als betrachtete sie alles tief unter sich. Für einen Moment schloß sie in einem unglaublichen Wohlgefühl die Augen.

Dann kam wieder die Angst. Sie schwamm mit aller Kraft. Die Strömung war so stark, daß sie für jeden Zentimeter Minuten brauchte. Immer wieder wollte sie die Augen schließen, unendlich müde, und riß dann von neuem die Arme vor gegen den Strom. Plötzlich spürte sie wieder Boden unter den Füßen. Sie war auf der anderen Seite des Priels angekommen.

Als sie endlich in knöcheltiefem Wasser stand, das schon in kleinen Wellenkämmen über den Wattboden lief und inzwischen ein beständiges Rauschen verursachte, wußte sie kaum mehr, wo sie war. Immer noch hörte man die Heulboje, von jeder neuen Welle angehoben und wieder fallengelassen. Wohin sollte sie laufen?

Da war noch ein Geräusch. Es klang anders als der Wind und das Wasser, und es kam von dem schwarzen Kasten, der vor der Kulisse des Himmels plötzlich aufgetaucht war. Ein Trecker mit einem Mann darauf! Die hohen breiten Reifen sanken in den Boden ein und spritzten Schlamm und Wasser hoch. Der Mann winkte, aber sie rührte sich nicht. Er stieg ab und kam auf sie zu, in hüfthohen Gummistiefeln.

»Na los, mein Frollein, her zu mir mit der schönen Fracht, bevor es zu spät ist.«

Wie ein Kind ließ sie sich von ihm bei der Hand nehmen und zum Trecker ziehen. Der Mann schwang sich in den schüsselförmigen Sitz des Traktors, reichte Jo seine Hand und zog sie zu sich empor.

»Hierher, schönes Frollein«, sagte er und klopfte sich auf die Schenkel. Es gab keinen anderen Sitzplatz. Sie mußte sich wohl oder übel auf seinen Schoß setzen.

Er legte einen Arm um sie, und einen Augenblick später drehte der Traktor und fuhr in die entgegengesetzte Richtung. Der Fahrtwind schlug ihr jetzt ins Gesicht, das Wasser spritzte zu beiden Seiten auf, und der Motor des Traktors war wie ein beständiges Hämmern in ihrem Kopf.

Sie spürte seine Hand über ihren Rippen höher wandern und hörte, wie er rief:

»Wohin wollten Sie denn noch? Aus der Richtung, in die Sie unterwegs waren, gibt es kein Zurück.«

Sie fühlte seine Finger durch ihren Pullover hindurch, als wäre ihr Körper abgetrennt vom Kopf. Nur schlafen, dachte sie, schlafen und weit fort sein.

»Was bekomme ich denn dafür, daß ich Sie hier rausgeholt habe?«

Jo drehte ihm das Gesicht zu. Sein Kopf verschwamm ihr vor den Augen, der struppige Schnauzbart, die dunklen Augenbrauen, ein Mund, der ihr unangenehm war. Mühsam sagte sie:

»Ich gebe Ihnen einen aus, wenn wir an Land sind.« Zunge und Gaumen fühlten sich an wie aus Papier, vom Salzwasser verbrannt.

»Zu trinken kaufen kann ich mir allein«, sagte er und drückte sie an sich. »Aber eine schöne Frau habe ich nicht alle Tage.«

Er zog Jo näher an sich, sie schloß die Augen und spürte plötzlich seine Lippen auf ihrem Gesicht, dann, wie er versuchte, seine Zunge in ihren Mund zu schieben. Sie preßte die Lippen aufeinander, obwohl sie lieber laut geschrien hätte.

»Du könntest ruhig etwas freundlicher zu mir sein«, sagte er und brachte jetzt den Trecker zum Stehen. Von dem Dieselgestank, in den sich der faulige Geruch von Algen mischte, wurde ihr übel, ihr Kopf war fast am Zerspringen. Er küßte sie wieder, und sie fühlte, wie er ihre Brüste zu streicheln begann. Dann legte er eine Hand auf ihren Oberschenkel und ließ sie über ihre Beine gleiten.

»Nun sei du auch mal ein bißchen lieb zu mir.«

Sie riß sich mit Gewalt aus ihrer Lethargie, warf den Kopf nach hinten und schob seine Hand fort.

»Hören Sie sofort auf damit!«

Er ließ sie los. »Nun mal nicht so ruppig, junge Dame. Schließlich hast du mir das Leben zu verdanken. Es ist doch wohl nur recht und billig, wenn ich was dafür bekomme.«

Er ließ sie los und setzte den Trecker wieder in Gang.

»Sie sollten von Glück reden, daß ich hier entlangfahre. Was meinen Sie, was passiert wäre?«

Sie konnte nicht antworten. Ganz allmählich ließ die Anspannung nach, und sie fühlte, wie ihr Tränen übers Gesicht liefen.

»Ist ja gut, beruhige dich«, sagte er mürrisch. »Ich tu dir ja gar nichts.«

Sie schwiegen. Am Horizont konnte sie jetzt die Silhouette von Neuwerk auftauchen sehen.

»Bei diesem Wetter hätten Sie eben nicht loslaufen dürfen.«

»Heute morgen war die Luft klar. Das war nicht abzusehen.« Es fiel ihr immer noch schwer zu sprechen.

»Wenn man sich mit dem Wetter hier auskennt, schon. Sie sind genau auf die offene See los.«

Jetzt erst bemerkte sie den Anhänger. Der faulige Geruch von Algen kam von dort. Der Wagen war vollgeladen mit Muscheln. Die weißen Schalen hatten sich geöffnet, und sie sah das zähe schleimige Muschelfleisch. Aus vielen spritzte ein feiner Wasserstrahl.

Er bemerkte ihren Blick.

»Das sind Pisser.« Er lachte, als habe er einen guten Witz gemacht. »Also, was wollten Sie hier draußen?«

»Georg besuchen, den Vogelwart«, sagte sie gegen ihren Willen.

»Junge Männer sind Ihnen lieber, ist es so? Ihren Freund hat die Polizei mitgenommen, wenn Sie's genau wissen wollen. Wegen der Sache mit dem Holländer.«

Jo kam allmählich zu sich. »Holländer? Wieso? Was wollte denn die Polizei von ihm?«

Der Mann zuckte die Achseln. »Keine Ahnung. Vielleicht hat er Dreck am Stecken. Man scheint nicht recht an einen Unfall glauben zu wollen. Schließlich kannte sich der Ingenieur im Watt gut aus. Im Gegensatz zu Ihnen. Und sein Pferd ist auch weg. Ein watterfahrenes Tier.«

»Aber wieso Georg?«

»Das ist sozusagen Ihr Werk. Sie haben doch ausgesagt, daß er der letzte war, der Groot lebend gesehen hat. Und mein Bruder hat wohl ausgepackt, daß Ihr Freund Groot nie hat ausstehen können. Er ist ja nicht gerade beliebt in dieser Gegend, der Herr Vogelwart.«

»Ihr Bruder?«

»Rüsch, vom Leuchtturm. Den kennen Sie doch.«

Jetzt wußte sie, weshalb sein Gesicht ihr bekannt vorgekommen war. Beide Rüschs waren ihr gleich unsympathisch. Jetzt fiel ihr auch ein, was Georg erzählt hatte. Von Rüschs Kampf gegen das Muschelfischverbot im Nationalpark. »Sie pflügen den Wattboden förmlich um und holen dann sämtliche Lebewesen wie mit einem Staubsauger heraus«, hatte Georg ihr das Muschelfischen beschrieben.

Sie hatten die Hundebalje erreicht. Die Räder versanken zu Dreiviertel im Wasser.

»Das hätten Sie nie mehr geschafft«, sagte ihr Retter. »Aber Undank ist der Welt Lohn.« Sie spürte, wie er sie noch einmal anfassen wollte, es dann aber doch unterließ.

Als sie wenig später an die Auffahrt für die Wattwagen gelangten, hielt er den Trecker an.

»Den Rest können Sie wohl alleine laufen«, sagte er. »Und übrigens, nehmen Sie mit, was Ihnen gehört.« Er zeigte hinten auf den Anhänger.

»Es ist doch Ihrer. Ich schlepp ihn schon seit zwei Tagen mit mir herum.«

Der Picknickkorb, den sie vor zwei Tagen vergessen hatten! Die Männer hatten also gewußt, daß sie auf Nigehörn gewesen waren. Wie betäubt nahm sie ihn von der Ladefläche, im selben Moment gab Rüsch Gas.

19

Die nassen, salzverklebten Jeans scheuerten bei jedem Schritt. Ihre Haut darunter mußte wund sein. Auch die Haut am Rücken unter dem verschwitzten, kratzigen Wollpullover war so empfindlich, daß ihr jede Bewegung weh tat. Sie hätte sich am liebsten auf der Stelle die Kleider vom Leib gerissen.

»You fool, Jo! Das hätte dir nicht passieren dürfen.« Den ganzen Weg beschimpfte sie sich selbst, als könnte sie damit die Erinnerung an ihre Angst und die ekelhaften Berührungen des Mannes auslöschen.

Ein Dackel rannte kläffend auf sie zu, fast hätte sie nach ihm getreten. Dann erkannte sie Lila.

»Wie sehen Sie denn aus! Sie sind ja völlig durchnäßt!« Herr Flick kam auf sie zu.

Jo schilderte, wie sie sich verlaufen hatte. »Ich muß mich hinlegen.«

»Wollen Sie nicht lieber wieder in die Pension?«

Jo schüttelte den Kopf. Sie wollte vor allem in Ruhe gelassen werden. Sie ging in den kleinen Waschraum am Campingplatz und ließ lange Zeit das Wasser über Gesicht und Hände laufen. Im Zelt streifte sie ihr nasses Zeug ab und kroch in den Schlafsack.

»Hier, das wird Ihre Lebensgeister zurückbringen.« Herr Flick war mit einer Thermoskanne zurück. »Mit besten Wünschen von Frau Fiss. Sie sagt, Sie könnten gerne wieder in der Pension schlafen.«

»Vielen Dank«, sagte Jo. Es tat gut, daß man sich um sie kümmerte. Sie trank die Fleischbrühe in kleinen Schlucken und spürte, wie die heiße Flüssigkeit bis in die letzten Winkel ihres Körpers strömte.

»Wissen Sie etwas von Georg?« Jo kam allmählich zu sich. »Stimmt es, daß man ihn aufs Festland geholt hat?«

»Er war sowieso drüben. Die Polizei wollte ihn verhören. Rüsch hatte dem Kommissar erzählt, der Vogelwart hätte Streit mit Groot gehabt. Alle wissen, daß die beiden sich nicht grün waren. Ihrer Aussage traute man offenbar nicht ganz.« Herr Flick hob entschuldigend die Schultern, als wolle er zeigen, daß es ihm leid tue. »Man meinte, Ihre Sprachkenntnisse wären vielleicht doch nicht zuverlässig genug... Jedenfalls erschien es plötzlich so, als hätten Sie den Vogelwart einfach schützen wollen.«

Sie hatte Grinzow von Anfang an mißtraut. Er hatte auf sie wie ein Mann gewirkt, der Frauen von vornherein nicht für voll nahm. Ein echter Good Old Boy.

»Rüsch sitzt in Untersuchungshaft. Sein Alibi soll gefälscht sein. Viel mehr weiß ich leider auch nicht.«

Sie wachte davon auf, daß jemand ins Zelt kam und ihr übers Haar strich. Es war Georg. Sein Gesicht drückte Besorgnis aus.

»Sag mal. Du bist ja leichenblaß. Dieser Flick hat mir ja schlimme Sachen von dir erzählt. Du hättest unbedingt deinen Kompaß mitnehmen müssen!«

»Die Blässe kommt von der grünen Zeltwand«, sagte Jo forsch, »und meinen Kompaß...« Sie unterbrach sich. Wieso überhaupt hatte der Kompaß nicht funktioniert?

»Bitte, gib mir doch mal meine Hose«, bat sie Georg. Er zerrte sie unterm Schlafsack hervor. Ihr Kompaß kam zum Vorschein. »Komisch. Ich habe ihn benutzt und mich genau an die Richtung gehalten. Ohne diesen Rüsch wäre ich wohl glatt ertrunken.« Jetzt hatte sie ein schlechtes Gewissen, daß sie sich nicht einmal richtig bei ihm bedankt hatte.

»Zeig mal her.«

Jo gab ihm das Instrument.

»Vielleicht bekommt ihm die Salzluft nicht«, sagte sie.

Georg bewegte den Kompaßspiegel hin und her. »Hast du zufällig eine Pinzette?« fragte er.

»An meinem Offiziersmesser.« Sie reichte es ihm.

»Sieh mal«, sagte er. »Da haben wir den Schuldigen, ein kleiner Nagel hinter dem Spiegelscharnier. Ich wette, er ist magnetisch.«

»Und das bißchen Eisen reicht, um die Nadel so stark zu beeinflussen?«

»Überzeug dich selbst.« Georg schob den Nagel an die alte Stelle zurück. Die Nadel schlug aus. »45 Grad. Du bist statt nach Südost nach Nordost gelaufen, direkt aufs Fahrwasser zu.«

»Mir wird ganz schlecht, wenn ich dran denke.«

Sie legte sich zurück. Das kommt davon, wenn man allen möglichen Krempel in den Hosentaschen aufbewahrt, dachte sie. Wahrscheinlich hatte sich der winzige Nagel in ihrer Tasche im Kompaß verklemmt. Sie hörte förmlich Ralph sagen: Your famous pockets.

Plötzlich fiel ihr ein, daß sie vor zwei Tagen das Gefühl gehabt hatte, jemand sei im Zelt gewesen. An dem Tag hatte sie den Kompaß vergessen. Er hatte gut sichtbar am Eingang gelegen. Jetzt war sie hellwach.

»Sag mal, hältst du es für möglich, daß man sich einen schlechten Scherz mit mir erlaubt hat?«

»Du meinst, jemand habe absichtlich deinen Kompaß manipuliert?« Georg zuckte die Achseln. »Vorstellen kann ich's mir kaum. Komm, leg dich wieder hin. Es ist kalt.« Georg schüttelte ihr das Kissen auf. Er hatte recht. Es war Hysterie.

»Kannst du meinen Nacken massieren?« fragte sie und rollte sich auf den Bauch. Er kniete über Jo. Als sie den kräftigen Druck seiner Hände spürte, schloß sie die Augen.

»Weiter«, flüsterte sie. »Es tut so gut.«

»Wird dir wärmer?«

Statt einer Antwort drehte sich Jo unter ihm auf den Rücken. »Ich will spüren, daß ich wirklich am Leben bin. Komm zu mir.«

Georg sah sie an. Er lächelte verlegen.

»Komm schon«, wiederholte sie. »Zieh dich aus.« Er gehorchte wie ein Schuljunge.

20

Jo spürte, daß Georg mit den Gedanken weit fort war. Er hatte die Arme hinter dem Kopf verschränkt. Die Haut seiner Achselhöhle sah verletzlich und durchsichtig aus. Blasse Sommersprossen bildeten ein winziges Sternenmuster. Sie nahm seinen Geruch wahr, salzig und ein wenig bitter. Mit dem Zeigefinger fuhr sie die Linie seiner Schulter nach, in die Mulde am Schlüsselbein, zum Ohr hinauf.

Draußen vor dem Zelt rief jemand ihren Namen. Der Stimme nach mußte es Marcel sein.

Sie streifte sich schnell ihren Pullover über, öffnete den Reißverschluß und sah hinaus.

Da stand er, groß und schwarz, und lächelte sie an mit seiner Zahnlücke. »Für Sie, mein Fräulein. Mit dem Inseldampfer gekommen. Na ja, ich dacht', da muß man mal einspringe, nicht wahr, helfen amal der Braut von nebenan. Ist ja nicht alle Tage schön Wetter, nicht wahr, da muß man sehen, was man tun kann, um die Stimmung aufzuheitern. Ob die Kinder oder die Pferde auf der Weide oder die Dame im Zelt – das ist doch alles net so verschieden. Und bevor der Dampfer alles wieder mitnehme tut...«

Er reichte ihr einen großen Briefumschlag.

»Besten Dank«, sagte Jo nachdrücklich und zog einfach den Reißverschluß wieder zu. Es war ihr nicht möglich, anders mit ihm umzugehen. Leute seiner Art trieb es offenbar ständig zu jemandem, für den sie etwas tun konnten. So wurde ihnen wohl die Befürchtung genommen, überflüssig zu sein.

»Der Mensch macht mich wahnsinnig. Offenbar arbeitet er jetzt für Möbius, oder wie hast du sein Kauderwelsch gedeutet?«

»Der kann ihn sicher auch nicht richtig gebrauchen. Marcel ist nicht nur gestört, er hat auch noch zwei linke Hände.«

»Ach, da fällt mir ein, ich wollte dir doch etwas zeigen.«

Sie suchte nach ihrer Hose, fand sie schließlich zerknüllt am Zelteingang. Sie zog die Knetgummifigur aus der Tasche.

»Hier, sieh mal. Hat Olaf mir geschenkt.«

»Deine Hosentaschen sind unerschöpflich.«

Sie warf ihm einen kurzen Blick zu. Hatte sie ihm erzählt, daß Ralph sie deswegen oft aufzog? Er betrachtete die Figur eingehend.

»Sieht aus wie der Graue Mann.«

»Der Graue Mann? Stimmt. Du hast recht. Der Hut, der Umhang. Wie mein Schatten auf Scharhörn.«

»Daran hältst du also fest?«

»Na ja. Aber ich war mir eigentlich ziemlich sicher, etwas gesehen zu haben. Und übrigens: Im Bauwagen auf Nigehörn hängen Seekarten an der Wand. Sogar einige historische.«

»Historische? Bist du sicher?«

»Achtzehntes Jahrhundert. Darauf war noch ein Priel, der Warkbalje hieß, verzeichnet.«

»Ach, Jo. Warum reden wir plötzlich so nüchtern!«

Sie ging nicht darauf ein. »Was meinst du, was die zwei Gesichter von Olafs Figur bedeuten?«

»Keine Ahnung. Aber Olaf hat Talent.«

Jo riß den Umschlag auf.

»Was ist, Jo?« sagte Georg. »Hast du einen festen Freund, und ist dir die Situation deshalb unangenehm?«

»Welche Situation?« Sie begann zu lesen. Georg seufzte.

»Ein Brief von deinem Mann?«

»Er ist von Oz.«

»Wer ist Oz?«

»Ein alter Liebhaber von mir.« Jo lachte, weil Georg sein Gesicht zu einer Grimasse verzog.

»Georg, sei nicht so empfindlich. Oz ist ein alter Freund aus Amerika. Professor für Literatur des 18. Jahrhunderts. Wir hatten vor langer Zeit mal ein Techtelmechtel.«

»So wie wir?«

»Nein. Das ist mehr zwischen uns. Wirklich, Georg.«

»Aber nicht genug.« Er sah plötzlich traurig aus. Jo küßte ihn.

»Ich wollte eigentlich heute abend nach Hamburg fahren.«

»Heute noch?«

»Wenn ich in Hamburg noch etwas in Erfahrung bringen will,

geht's nicht anders. Übers Wochenende ist da gar nichts zu machen.«

»Dann mußt du ja gleich los«, sagte sie eifrig. »Der Inseldampfer legt gegen sechs Uhr ab.«

Georg begann, seine Sachen zu suchen und sich umständlich anzuziehen. Im Grunde war es gut, daß er fuhr. Sie wollte endlich allein sein. Nicht zuletzt deswegen hatte sie sich eine abgelegene Insel ausgesucht.

»Was hast du vor?«

Georg brauchte lange, bevor er antwortete. »Ich will versuchen, mehr über diese Messungen herauszubekommen. Ich habe das Gefühl, der Tod des Holländers steht damit in Verbindung. Rüsch hat schließlich gelogen. Er war nicht allein, sondern hat einen Mann an Land gesetzt, der sich anschließend mit einer Taxe nach Fuhlsbüttel zum Flughafen bringen ließ.«

»Du bist also auch der Meinung, daß es kein Unfall war?«

Georg zuckte die Achseln. Anstelle einer Antwort sagte er: »Du kannst mich in Hamburg erreichen, wenn du willst.« Er gab ihr einen Zettel. »Dann hast du deine drei Liebhaber alle auf Abstand.«

Sie sah ihn nicht an. Es hatte bitter geklungen. Er hatte nicht unrecht. Vielleicht konnte sie sich auf Nähe nur einlassen, wenn die Trennung gewiß war.

»Mach's gut, Jo.« Sie küßten sich zum Abschied. Jo sah ihm nach, wie er den Deich hinab zum Schiff lief, das bereits die rote Flagge gehißt hatte. Als er sich noch einmal umdrehte, winkte sie.

»Wohin will Ihr Freund denn?«

Von wegen Einsamkeit. Sie kannte hier bald mehr Leute als in Virginia. Sie drehte sich zu Kuleska um. Ein Ausdruck aus Argwohn und Freude stand in seinem Gesicht geschrieben. Eifersucht?

»Sie hier zur Blauen Stunde? Ich hätte Sie in der Turmschenke vermutet.«

»Heute wollte ich Sie dazu einladen, deshalb bin ich hier.«

Er wirkte unsicher und unglücklich. Jo hakte ihn unter.

»Und wo ist Ihre Frau?«

»Sie ist heute mit den anderen Frauen ausgeritten, jetzt halten sie Abendmesse. Sie wissen ja, eines der wesentlichen Momente des labadistischen Glaubens ist die Abkehr von der Welt.«

Das würde mich daran auch reizen, dachte Jo.

»Finden die Treffen deshalb hier auf der Insel statt?«

»Der eigentliche Grund ist das Grab ihres Vaters auf Neuwerk. Das beschriftete Kreuz auf dem ›Friedhof der Namenlosen‹.«

Jo erinnerte sich.

»Und wieso liegt er hier begraben?«

»Er ist mit seiner Jacht vor der Insel verunglückt. Seine Tochter, die Stiefschwester meiner Frau, konnte sich an Land retten. Er aber geriet zwischen die Wellenbrecher und kam nicht aus eigener Kraft los. Als die Flut stieg, ertrank er. Ein grausamer Tod.«

Jo konnte es nachfühlen. Der Schreck saß ihr noch immer in den Gliedern. Auf ähnliche Weise war auch Groot ertrunken, dachte sie.

»Hätte die Tochter nicht Hilfe holen können?«

»Ja. So denkt meine Frau bis heute. Sie war damals dreizehn. Sie war monatelang völlig außer sich über den Tod des geliebten Vaters. Aber ihre Schwester hat wohl unter Schock gestanden.«

»Ich würde das Grab gern noch einmal sehen.« Sie zog Kuleska mit sich.

Es lagen frische Blumen unter dem Kreuz. »Sie hat ihren Vater sehr geliebt. Ich war mit ihm befreundet, er war ein außergewöhnlicher Mann. Er war es, der die Glaubensgemeinschaft der Labadisten wieder ins Leben gerufen hat.«

»Altona war doch einst Hochburg der Labadisten, oder?«

»Sie haben sich informiert!« Kuleska strahlte. »Dort starb Jean de Labadie im Alter von vierundsechzig Jahren. Dort hatte er auch heimlich geheiratet. Eine fast vierzig Jahre jüngere Frau.« Er schwieg einen Augenblick. »Nachdem Marias Vater verunglückt war, habe ich mich des Mädchens angenommen. Als sie sechzehn war, heirateten wir. Ich hatte sie schon immer geliebt.«

Ein Altersunterschied fast wie bei Labadie, mußte Jo denken. Sie stellte sich das junge Mädchen vor: Aus den Armen des Vaters in die Arme des Ehemannes. Auch eine Art von Gefängnis, dachte sie.

»Eine Zeitlang hatte ich Angst um sie. Als Springreiterin machte sie die waghalsigsten Sachen.«

Jo machte sich von ihm los. Sie hatte plötzlich keine Lust mehr, zur Schenke zu gehen.

»Wie schade, ich wollte Sie doch so gerne...«

Ehe sie wußte, wie ihr geschah, versuchte er, sie zu küssen. Sie stieß ihn zurück.

21

Blut ist im Schuh, der Schuh ist zu klein, ruckedigu, ruckedigu... Unaufhörlich kreisten die Sätze, Blut ist im Schuh, der Schuh ist zu klein... Jo warf sich im Schlafsack hin und her. Völlig benommen wachte sie auf. Ihr Kopf schmerzte, ihre Glieder fühlten sich bleiern an. Sie konnte sich nur langsam bewegen.

In ihrem Kulturbeutel mußte noch Aspirin sein. Sie fischte zwei Tabletten heraus, spülte sie mit einem Schluck Mineralwasser herunter. Ruckedigu! Wie hartnäckig Träume wirkten, wenn man sich krank fühlte.

Als sie sich auf die weißgestrichene Bank oben am Deich setzte, hatte sie das Gefühl, schon seit Ewigkeiten hier zu sein. Zum wievielten Male sah sie die Wattwagen über den Deich hinausfahren, um wieder neue Gäste, Post und Vorräte vom Festland zu holen? Selten hatte sie so sehr alles Gefühl für Zeit verloren wie hier. War es wirklich erst gestern gewesen, daß sie sich verlaufen hatte? Sie blätterte in ihrem Kalender. Vor zehn Tagen war sie in Amerika abgeflogen!

Wie jeden Morgen waren auch die Kinder vom Heim am Deich. Die Befangenheit, die sie anfänglich bei ihrem Anblick verspürt hatte, war verschwunden. Ihre tolpatschigen Bewegungen rührten sie. Olaf wirkte in ihrer Mitte wie ein Ruhepol. Er konnte auch besser als alle anderen mit den Kindern umgehen.

Auf der Insel waren sie nicht unbeliebt. »Sie sind ruhiger als andere Gruppen, und sie benehmen sich ordentlicher.« Irgend jemand hatte in ihrer Gegenwart diesen schrecklichen Satz gesagt. Die Gesichter dieser Kinder würde sie nie vergessen. Die mongoloiden Züge, die alle Gefühle nackt und unverstellt ausdrückten. Schutzlose Gesichter! Selbst Marcel hatte etwas davon. Darum konnte sie ihm auch nicht böse sein.

Gerade fuhr er mit Möbius' Traktor über die Weide, die acht Pferde von Möbius hatte er am Traktor angebunden. Olaf rollte durch das Gatter hinterher und sah fasziniert zu. Marcel kurvte in hohem Tempo hin und her, ohne Rücksicht auf die Tiere, die dicht nebeneinander laufen mußten und unruhig die Köpfe herumwarfen. Plötzlich gab er Gas, sah sich triumphierend um und hielt auf die Stelle zu, wo Olaf im Rollstuhl stand. »Um Gottes willen«, entfuhr es Jo. Das Tempo des Treckers war halsbrecherisch, Olaf versuchte viel zu spät auszuweichen.

»Olaf!« Der Lärm des Motors verschluckte ihren Schrei. In letzter Sekunde riß Marcel das Steuer herum, die Pferde rasten dicht an dem Jungen vorbei dem anderen Ende der Weide zu. Siegessicher hob Marcel die Faust.

Jo lief zu Olaf und umarmte ihn. Der Junge war vollkommen bleich. Er zitterte und brachte kein Wort heraus. Tränen liefen ihm übers Gesicht.

»Olaf«, sagte sie. »Jetzt brauchst du keine Angst mehr zu haben.« Sie streichelte sein Gesicht, er griff nach ihrer Hand.

Sie fuhr ihn zum Heim. Frau Sanftleben kam ihnen entgegen. Sie hatte die Szene offensichtlich beobachtet. »Ich muß mir Marcel vorknöpfen. Der Junge geht mit seinen groben Späßen zu weit.« Jo überließ ihr den Rollstuhl. Olaf winkte ihr zu, bevor er im Haus verschwand.

Grobe Späße nennt sie das, dachte Jo. Marcels Verhalten war aggressiv und unberechenbar gewesen. Vielleicht reizte ihn Olafs Wehrlosigkeit. Der ewig Getretene wollte auch selbst einmal zutreten.

Georg hatte gesagt, er wäre gegen Mittag zu erreichen. Als sie sich zur Telefonzelle aufmachte, kam es ihr vor, als wären ihre Beine aus Blei. Eine Frau meldete sich mit »Umweltbüro«. Sie holte Georg an den Apparat.

»Jo, ich habe eine Menge in Erfahrung gebracht. Du wirst dich wundern! Das Boot auf Nigehörn war ein Spezialschiff von einer niederländischen Werft in Zaandvoort. Eine Barkasse aus Leichtmetall mit extrem geringem Tiefgang, gebaut für Vermessungsarbeiten in Flachwassergebieten. Dämmert dir was?«

Sie wollte ihm doch von Olaf erzählen, aber er redete wie ein Wasserfall.

»Und die radioaktiven Spuren haben höchstwahrscheinlich als Leitstoff gedient. Weißt du, was das ist?«

Jo schüttelte den Kopf, ohne sich bewußt zu sein, daß Georg sie nicht sehen konnte.

»Man beschichtet zum Beispiel eine Sandbank im Watt mit radioaktiv strahlendem Material. Mit mehreren Messungen kann man dann feststellen, wie der Sand sich durch die Strömungen verlagert. Eine unsichtbare Meßmethode, die nur dann rauskommt, wenn dort zufällig jemand mit einem Geigerzähler mißt.«

»Ist eine radioaktive Quelle nicht gefährlich?«

»Sicher. Aber in diesem Fall reicht eine kleine Strahlenquelle aus, um große Flächen zu infizieren. Man kann sie in einem Bleimantel ohne weiteres transportieren. Also, wenn mein Verdacht sich bestätigt...« Jo hörte, wie aufgeregt Georg war, ohne daß sie verstand, worin sein Verdacht genau bestand.

»Erinnerst du dich, was ich dir über die Vorarbeiten für einen Tiefseehafen bei Scharhörn erzählt habe?«

»Ich versteh den Zusammenhang nicht. Wieso Hafen?«

»Noch entscheidet Hamburg allein, was im Watt bei Neuwerk passiert. Wenn Niedersachsen die Ausbaggerung der Elbe bis nach Hamburg hoch nicht genehmigt und in wenigen Jahren die Konkurrenzschutzklausel ausläuft...«

Sie hatte bestimmt Fieber. Sie konnte keinen klaren Gedanken fassen. Georgs Stimme kam wie durch einen Nebel: »Jo, morgen bin ich zurück.« In diesem Augenblick ertönte das Rufzeichen, das das Ende des Gesprächs ankündigte. »Jo, sag was, du.« Sie brachte keinen Satz heraus. Die Verbindung brach ab.

Sie stand in der Zelle und starrte auf die Glastür. Schemenhaft ihr Gesicht darin. Kuleska tauchte vor der Glasscheibe auf.

»Was ist mit Ihnen, Fräulein Jo? Fühlen Sie sich nicht gut?«

Ihr Kopf schmerzte, die Augen brannten, ihre Zunge fühlte sich schwer an. Der Tag gestern war zuviel gewesen.

»Fräulein Jo. Sie sagen gar nichts. Kann ich irgend etwas für Sie tun?«

»Danke, lassen Sie mich«, sagte sie. »Ich bin verabredet.«

»Mit wem?« stammelte er.

»Mit meinem Freund.« Es war eine Lüge, aber irgend etwas an Kuleska provozierte sie.

Er stand ratlos da, den Griff der Zellentür in der Hand, und sein Gesicht spiegelte seine widerstreitenden Gefühle.

Sie ging an ihm vorbei, streifte ihn fast. Sie hatte das Gefühl zu schweben. Das Fieber schien alles in Schwingungen zu versetzen.

Im ersten Augenblick glaubte sie, zu halluzinieren. Dann erkannte sie die Gruppe der Frauen aus Hamburg mit Frau Kuleska, die näher kamen. Manche trugen einen Umhang aus rauhem Wollgewebe, Frau Kuleska hatte ihre Muschelbrosche angeheftet, das Erbstück vom Vater. Sie trug es wie ein Amulett.

Die Frauen befanden sich offenbar auf dem Weg zu ihrer Abschiedszeremonie. Jo folgte ihnen über den Deich aufs trockengefallene Watt. Sie postierten sich am Ufer eines Priels um Frau Kuleska herum, die im Ton eines amerikanischen Zeltpredigers zu reden begann:

»Wir leben von Tag zu Tag, im Vertrauen auf Gott, und wir wollen nicht seiner Vorsehung vorgreifen durch Angst und Erwartungen.«

Prädestinationslehre, dachte Jo. Diese Leute würden gut in die Staaten passen.

»Wir leben in einer Zeit der Stürme. Krieg herrscht in der Welt, in Europa, Angst und Unsicherheit. Es gibt Zeichen vom Himmel und vom Meer...«

Das reinste 17. Jahrhundert, dachte Jo. Solche Untergangsvisionen hatten immer Hochkonjunktur, wenn ein Jahrhundert zu Ende ging.

Jetzt sangen sie auch noch und begannen zu tanzen und umarmten sich. Kein Wunder, daß man die Labadisten der Inzucht beschuldigt hatte. Ein silbernes Glöckchen läutete, und es kehrte wieder Ruhe ein. Frau Kuleska fuhr fort:

»Ein Rauch seid ihr, der eine kleine Zeit bleibt und dann verschwindet.«

Sie machte eine Pause, und es war ihr anzumerken, daß sie sich dem Höhepunkt ihrer Rede näherte.

»Jedes Ding hat seine Zeit. Auch das Leben der Menschen. Manche mußten zu früh sterben, denken wir. Aber die göttliche Vorsehung rächt alles – zu seiner Zeit.

Ich sage euch: So jemand zu mir kommt und hasset nicht seine Schwester, Mutter, Kind, dazu sein eigen Leben, der gehört nicht zu uns.«

Sie senkte die Stimme zu einem Flüstern, so daß Jo nichts mehr verstehen konnte. Dann machte sie eine Pause und schloß mit den Worten: »Da verwandelte er das Meer in trockenes Land, daß man zu Fuß übers Wasser gehen konnte.«

Wie praktisch, dachte Jo. Das Watt als See Genezareth, Jesus, der übers Wasser läuft. Wie hatte sie die vielen Bibelzitate in einen Zusammenhang gebracht? Jo fröstelte. Sie ging zurück, ohne von den anderen bemerkt worden zu sein.

In der ›Meereswoge‹ traf sie auf Herrn Flick und Lila. Beide schienen schon einiges intus zu haben.

»Man lebt nur einmal, stimmt's?« Anscheinend hatte er sie beobachtet, denn übergangslos sagte er: »Heute abend gibt's noch eine private Messe, am Grab des Vaters. Das sollten Sie sich ansehen. ›Gegen die körperliche Lust, fern der Begierde‹«, deklamierte er. »Dabei ist die gute Frau Kuleska längst nicht so heilig, wie sie tut. Ihr Mann scheint ein alter Trottel zu sein. Aber vielleicht will er es auch nicht wahrhaben. Was kann er schon tun? Groot war kein keuscher Jüngling, sage ich Ihnen. Der nahm sich jede Frau, die er wollte.«

Jo fiel ein, wie sie Groot und Kuleska zusammen gesehen hatte. Wie ein Liebespaar hatten sie nicht gerade gewirkt.

»Die beiden...?«

Herr Flick nickte. »Seit kurzem hatte er eine andere. Das hat sie ihm nicht verziehen.«

»Kannten Sie Groot näher?«

»Nicht näher als die meisten hier. Eine seiner Damen haben Sie ja kennengelernt.«

»Ich?«

»Das wußten Sie nicht? Die Frau, die Sie im Außendeichgelände gefunden haben. Die war auch eines seiner Opfer. Oder soll man sagen, er war ihr Opfer?«

Seltsam, dachte Jo. Wieso hatte dann überhaupt erst ihre Identität ermittelt werden müssen? Wieso hatte niemand etwas gesagt?

»Ihr Ex-Mann lebt in Hamburg. Reiche Leute, Luxusleben. Sekt und Kaviar jeden Tag, so wie's uns nie vergönnt sein wird, was Lila?«

Sie mußte sich hinlegen. In ihrem Kopf schmerzte es, als habe jemand Drahtseile darin gespannt. Sie stand auf. Lila blieb solange auf ihrem Fuß liegen, bis sie ihre Streicheleinheit bekommen hatte. Herr Flick prostete ihr zu. »Gute Besserung!«

22

Sie schwebte durchs All, auf einer weiten Umlaufbahn fernab der weißblauen Kugel der Erde. Manchmal blitzten Sterne auf im Dunkel und fielen wie Feuer in die Tiefe, Kometen rasten vorbei mit einem hellen, langen Schweif. Eine Stimme ertönte:

»Die Schreckenskometen zeigen das Ende an. Wir sind nur Rauch vor dem Angesicht der Zeit. Was sind siebenhundert Jahre für das Heer im Sturmwind der Seelen?«

Möwen flogen auf und zogen als Raben davon. »Erinnerung und Gedanke«, rief die Stimme ihnen nach. »Keiner wird sich an dich erinnern. Niemand! Niemand!«

Wäre doch jemand bei ihr! Jo fühlte sich diesen Bildern ausgeliefert, diesen Fieberträumen. Grelle Neonblitze schossen am Grunde ihrer Augen dahin. Ihr war heiß und kalt zugleich. Wenn sie doch einen Augenblick Ruhe hätte! Nachdenken. Die abgerissenen Fäden zusammenziehen, die doch fast schon aneinanderhingen.

Eifersucht. Das Wort hallte durch die leeren Räume ihres Kopfes. Jo richtete sich auf. Kuleska und Groot hatten ein Verhältnis gehabt. Man findet Groots neue Geliebte, wenig später Groot tot auf. Hatte Frau Kuleska etwas damit zu tun? Es gibt keine Zufälle, hörte sie sie predigen. Alles liegt in seiner göttlichen Hand, wir sind nur Werkzeuge seiner Vorsehung. Wo war das Aspirin, damit diese höllischen Kopfschmerzen aufhörten?

Es war dämmrig geworden. Sie stand vor dem Spiegel des kleinen Bads am Campingplatz. Ihre Augen glänzten, ihr Gesicht glühte. Ihr Kopf war wie betäubt von den Tabletten.

Sie breitete die Utensilien aus ihrem Kulturbeutel auf der grüngekachelten Konsole aus und begann sich zu schminken. Weißes Make-up für das Gesicht. Dunklen Lidschatten für die Augenhöhlen. Puder für die Lippen. Die Haare stopfte sie unter Georgs alten Hut, so daß nichts mehr von ihnen zu sehen war.

Sie starrte sich an im Halbdämmer des Raumes. Eine bleiche Fratze sah ihr aus dem Spiegel entgegen. Jemand, der vertraut und fremd zugleich war. Als sie ihn mit den Fingern berührte, ließ das kühle Glas sie zusammenfahren.

»Grey Man«, sagte sie in den Spiegel hinein. »Dich gibt es also diesseits und jenseits des Atlantik, so wie mich selbst.«

Sie zog ihr graues Regencape über und verließ das Bad. Der weite Blick oben auf dem Deich tat ihren gereizten Sinnen gut.

Im Watt waren immer noch Menschen unterwegs. Sie sah den Kurgast mit dem DLRG-Abzeichen an seinem schlotternden Trainingsanzug. Aus Angst, seine Bernsteingründe zu verraten, ging er immer erst spät, wenn die Tagesgäste wieder verschwunden waren. Möbius kam aus Cuxhaven zurück. Seine Pferde zogen den Wagen die Deichschräge herauf. Ein paar Urlauber standen an der Deichbiegung und sahen zu.

Nie schien sich auf der Insel etwas zu verändern. Man konnte sich eingeschlossen fühlen wie ein Insekt in einem Bernstein.

Allmählich verloschen die wenigen erhellten Fenster: bei Möbius, in der Pension von Fiss, in Marcels Wohnwagen. Rollos wurden herabgelassen, und sie stellte sich vor, wie die Leute sich auszogen, in die merkwürdigsten Schlafanzüge und Nachthemden stiegen, vorm Spiegel standen, ihre Zähne putzten, mit zurückgebundenen Haaren fette rosa Cremes auf die Haut schmierten. Abend für Abend, ein Leben lang. Auch eine Art von Maskerade. Nur in wenigen Schlafzimmern würden anschließend die Körper näher zueinander rücken, die meisten rückten voneinander weg.

Jo zog ihren Regenumhang fester um sich und ging zum Friedhof. Noch war niemand da. Sie öffnete die quietschende Holzpforte und betrat die kleine Insel der Toten. Sie wartete im Schatten der Bäume. Sie war nicht aufgeregt. Sie spürte nur, daß bei diesem letzten Auftritt der Labadisten etwas geschehen würde.

Irgendwann hörte sie das Schnauben eines Pferdes von der Straße her und drückte sich tiefer in den Schatten. Sie waren zu dritt: Maria Kuleska, Lisa und Marcel. Er war schwarz gekleidet und hielt eine Kerze in der Hand. Lisa trug ein kariertes Männerhemd zu ihrem Glockenrock. Sie sah grotesk aus.

Die beiden Frauen flüsterten, als sie auf das Grab zugingen. Marcel kniete nieder. Er legte einen Gegenstand unter das Kreuz. Ein goldenes Kettchen mit einer Jakobsmuschel, das Kettchen aus der Kirche!

In ihrem Kopf wirbelte es: Wieso tauchte dieses Kettchen hier wieder auf? Die Kuleska mußte doch von seiner Herkunft wissen. Hatte *sie* es der Toten abgenommen?

Es regnete wieder, und Jo mußte niesen. Die drei fuhren herum und starrten sie an. Verflucht, daß ihr das passieren mußte! Jetzt half nur die Flucht nach vorn.

»Marcel. Diese Frauen haben das Gesetz gebrochen. Sie machen sich mitschuldig, wenn Sie hierbleiben.«

Lisa und Frau Kuleska blickten von Jo zu Marcel und schienen sich wortlos zu verständigen.

Jo wollte fortlaufen, aber auf einen Wink der Kuleska hielt Marcel sie fest. Er hatte Bärenkräfte.

»Natürlich bin ich ein Verrückter, da braucht man sich keine Gedanken zu machen, aber so verrückt wiederum bin ich auch nicht, und es haben schon ganz andere vor mir gelebt. Da sag ich doch, daß es nicht drauf ankommt, das Leben zu leben, sondern den richtigen Tod zu sterben, nicht wahr...«

»Schweig.« Frau Kuleska überschlug sich fast. »Sie kommen sich in dieser Verkleidung wohl besonders schlau vor. Aber Sie hätten sich nicht in fremde Angelegenheiten mischen sollen.«

Mit heftiger Stimme sagte sie zu Marcel: »Du weißt – Gottes Gesetz ist zuweilen schwer zu verstehen. Und trotzdem muß man gehorchen. Auch Abraham gehorchte Gott, um Isaac zu opfern.«

Jo war zu perplex, um etwas zu erwidern. Im nächsten Moment wurde es schlagartig dunkel. Die Decke, die man ihr über den Kopf geworfen hatte, roch nach Schweiß und Pferd und nahm ihr fast das Bewußtsein. Es war wie ein makabres Blindekuh-Spiel. Bisher hatte sie sich fast wie in einem Theaterstück gefühlt, aus dem man gleich entlassen würde, um über die Aufführung zu sprechen. Jetzt schien die Szene zum Alptraum zu werden.

»Marcel, hilf mir, sie aufs Pferd zu hieven.«

»Fräulein Jo, mit Verlaub, da möchte ich Ihnen einmal unter die Arme greifen. Ganz wörtlich, nicht wahr, wenn man bedenkt.«

Sie wurde zu der Kuleska aufs Pferd gehoben, und Marcel führte das Tier. Hufschlag erklang auf dem Pflaster.

Sie mußte husten, ihre Schleimhäute waren ohnehin gereizt. Sie glaubte, ersticken zu müssen, und fühlte, daß sie in Panik geriet.

Das Klacken der Pferdehufe hörte plötzlich auf. Sie waren auf weichem Untergrund. Im selben Moment spürte sie, wie es eine

Schräge hinunterging, und plötzlich war Vogelgeschrei zu hören.

»Verdammte Biester«, murmelte die Kuleska hinter ihr. »Marcel, vorsichtig.«

Möwen- und Seeschwalbenschreie. Es mußten Tausende sein. So viele Vögel gab es nicht diesseits des Deiches. Sie mußten sich auf dem Weg ins Vorland befinden.

Herrgott, warum verstand sie erst jetzt, was hier vorging! Sie hatte die Frau völlig unterschätzt.

»Halt«, sagte die Kuleska. »Wir müssen zu Fuß weiter. Sonst bricht sich das Pferd noch ein Bein.«

Jo spürte, wie Marcel sie wieder anfaßte. »Mein Fräulein, da habe ich das Vergnügen wieder einmal. Nichts für ungut, nicht wahr. Es wird nicht mehr ewig dauern.«

Sie packten sie und hoben sie vom Pferd. Im selben Moment hörte sie die Kuleska fluchen, dann verspürte sie einen dumpfen Schlag am Kopf.

23

Fast alle waren da, die sie hier kannte: Olaf, Herr Flick, Herr Kuleska, Georg, Frau Sanftleben, die Pensionswirtin. Und Grinzow. Kaum hatte er gesehen, daß sie die Augen öffnete, schoß er auf sie zu. Er wirkte ärgerlich, und Jo zog es vor, die Augen wieder zu schließen.

Sie spürte, wie jemand ganz leicht ihre Hand berührte. Es war Olaf. Er lächelte sie an.

»Was ist denn eigentlich los?« Jo fühlte sich wie ein Kind in der Wiege. Es war kein unangenehmes Gefühl.

Georg setzte sich zu ihr auf die Bettkante.

»Du bist in der Pension. Du hast ein Riesenglück gehabt. Mensch, Jo, das hätte schiefgehen können.«

Wie lange war sie bewußtlos gewesen? Draußen vorm Fenster zogen Regenwolken vorbei, es war heller Tag.

»Was hast du dir bloß dabei gedacht? Du hast dich in Lebensgefahr gebracht!«

»Nun lassen Sie mich mal, das Fräulein ist ja wohl so weit wiederhergestellt.« Grinzow schob sich vor und musterte sie. »Sind Sie sich im klaren darüber, was geschehen ist?« Jo antwortete nicht.

»Man hat Sie draußen vor dem Siel gefunden, direkt an der Wasserkante. Sie waren bewußtlos und hätten wahrscheinlich nichts gemerkt. Die Flut ist schnell und gründlich, wie Sie inzwischen wissen sollten.«

»Wer hat mich gefunden?«

»Daß Sie gefunden wurden, haben Sie allein Olaf zu verdanken.«

Olaf hatte den Kopf gesenkt und blickte zu Boden. Er war über und über rot geworden.

»Er hat vorm Fenster Wache gehalten, als habe er so etwas geahnt. Als die zwei mit dem Pferd ohne die vermummte Gestalt zurückkamen, hat er Herrn Kuleska alarmiert. Um ans Telefon zu kommen, muß er gekämpft haben wie ein Löwe.«

»Ich bin sofort hinaus und habe Sie an Land gezogen.«

»Wissen Sie, Jo, ich dachte, Sie hätten einen Schwächeanfall gehabt«, schaltete Herr Flick sich ein. »Ich wußte ja, daß Sie krank waren.«

»Man hat die beiden Frauen unterschätzt«, gab Grinzow zu. »Keiner hätte ihnen einen Mord zugetraut.«

»Mein Gott! Man kann doch in niemanden hineinschauen!« Frau Sanftleben schien dem Weinen nahe, und Frau Fiss legte ihren Arm um sie.

»Wie bist du denn auf die Idee gekommen, dich als Grauer Mann zu verkleiden, Jo?« fragte Georg.

»Ich habe mich auf einmal sehr fremd hier gefühlt, die Sprache, die Insel und alles. Als ob...«, sie suchte nach dem passenden Wort, »als ob mich diese Welt hier verwandeln wollte. Ich mußte mich maskieren, um mich selber wiederzuerkennen.«

Grinzow schnaubte hörbar. »Das soll einer verstehen.«

»Ich weiß, was du meinst«, sagte Georg, »erzähl weiter.«

»Deswegen bin ich auch krank geworden, ich kenne mich. Es gibt dann nur ein Gegenmittel: Wenn etwas mich verwandeln will, muß ich mich selbst verwandeln. Da kam mir der Graue Mann gerade recht.«

Der Polizist schüttelte den Kopf.

»Die Wirkung dieser Kostümierung auf die Kuleska wurde mir allerdings erst klar, als es bereits zu spät war. Bevor man sich nicht in eine Situation begibt, weiß man eben nicht, was entstehen kann. Ich fürchte, meine kriminelle Energie hat nicht ausgereicht, mir Frau Kuleska als Mörderin vorzustellen«, gab Jo zu.

Grinzow lachte auf. »Es war also Ihr mehr als zweifelhafter Instinkt, der Sie genau das tun ließ, was die Frau warnen mußte. Lisa Rüsch hat schon ausgesagt. Frau Kuleska hat sich an jenem bewußten Nebeltag als Grauer Mann verkleidet. Sie hat den Holländer in die Irre geführt und sein Pferd in die...«, hier machte er eine kurze Pause, »Quicksände, wie Sie es nennen, getrieben. Und sie hat auch dafür gesorgt, daß er nicht mehr freikam.«

Jo warf Georg einen Blick zu. Hatte sie also auf Scharhörn doch keine Gespenster gesehen!

»Und das ist möglicherweise nicht die einzige Leiche, die auf ihr Konto geht«, sagte Georg.

Jo ahnte die Zusammenhänge. Das Muschelkettchen in der Kirche, dann auf dem Friedhof. Das Verhältnis mit Groot, von dem Herr Flick erzählt hatte.

»Die Frau aus dem Vorland?« fragte sie.

Georg war so verblüfft, daß er nur ein Nicken zustande brachte. Dann hatte er seine Sprache wiedergefunden.

»Dein kriminalistischer Spürsinn jedenfalls funktioniert! Ich hatte ganz andere Theorien.«

»Ihre Theorien haben auf mich auch viel plausibler gewirkt«, unterbrach Grinzow ihn. Dabei blitzte er Jo so wütend an, daß sie lachen mußte. Es war ihm anzusehen, daß es ihm nicht paßte, daß ausgerechnet sie den Schlüssel zur Aufklärung dieser Todesfälle geliefert haben sollte.

»Was dachtest du denn, Georg?«

»Von Groot wußte Frau Kuleska von der radioaktiven Quelle und den geheimen Messungen. Sie hätte den Verbindungsmann zum Hamburger Senat erpressen können.«

»Hast du mehr darüber rausgekriegt?«

»Das kann man wohl sagen. Aber wird dir das nicht zuviel, Jo? Du bist gerade erst aufgewacht.«

Sie schüttelte den Kopf. Jetzt wollte sie die ganze Geschichte wissen.

»Man sammelt tatsächlich Meßdaten über die morphologischen Vorgänge im Küstengebiet hier, ein möglichst lückenloses Datenbild über lange Zeit hin. Daher auch die historischen Seekarten. Und warum wohl das Ganze?« Er blickte in die erwartungsvolle Runde.

»Um Daten zu haben, wenn man eines Tages etwas bauen will. Einen Tiefseehafen, zum Beispiel. Hamburg hält sich noch immer alle Möglichkeiten offen!«

Herr Flick atmete hörbar aus.

»Wenn ich diese Familienfeier mal unterbrechen darf.« Grinzow drängte alle aus dem Raum. »Das offizielle Protokoll muß nämlich noch aufgenommen werden, bitte schön!«

Georg half ihr, das Zelt abzubauen und die Sachen zu packen. Sie spürte, daß er traurig war. »Woran denkst du?« fragte sie.

»Ach, Jo. Was gibt es da noch viel zu sagen? In zwei Stunden fährst du ab, und wir werden uns nie wiedersehen.«

»Das ist überhaupt nicht gesagt. Manchmal spielt der Zufall eine große Rolle – wie du inzwischen weißt. Nimm meinen Freund Adam: Er flog aus dem Senegal nach Chicago, um seinen Bekannten Murray dort zu besuchen. Er wußte nichts von Murray – außer seinem Vornamen und wie er aussah. Weder Nachnamen noch Adresse. Ein aussichtsloses Unterfangen in einer Stadt von acht Millionen! würdest du sagen. Aber was passierte? An seinem ersten Tag in Chicago will Adam mit dem Bus fahren. Ihm fehlt das nötige Kleingeld, also bittet er einen Mann vor der Anzeigentafel, ihm Geld zu wechseln. Der Mann dreht sich um – und es ist Murray.«

»Ich seh schon, du sammelst kuriose Geschichten.« Er schwieg, dann setzte er hinzu: »Vielleicht auch interessante Männer. Da muß ich dir ja langweilig sein.«

»Du solltest eine bessere Meinung von dir haben, Georg. Wollen wir zum Abschied noch ein Glas trinken?«

In der Turmschenke saß Herr Kuleska auf seinem Stammplatz. Er stand auf und ging Jo entgegen.

»Entschuldige einen Augenblick«, sagte sie zu Georg. Er nickte ergeben. Leidenschaft ist ihm fremd, dachte Jo.

»Fräulein Jo.« Der Chronist blieb unbeholfen stehen. Sie schwieg. Wieviel hatte er wohl die ganze Zeit gewußt? Sie erinnerte sich gut an seine verstörte Reaktion, als er die Zeitung mit der Beschreibung der Toten aufgeschlagen hatte.

»Ich bin so froh, daß der Olaf mir Bescheid gesagt hat. Ich hätte mir nie verziehen, wenn Ihnen etwas zugestoßen wäre, Fräulein Jo.« Er wirkte unglücklich. Fast schüchtern zog er sie an seinen Tisch, der mit Manuskripten bedeckt war. Er zeigte ihr ein in akkurater Schrift frisch beschriebenes Blatt.

»Was ist das?« fragte sie.

»Lesen Sie selbst: Ich habe alles genauestens notiert. Der Tag, an dem Sie ankamen, die Begebnisse seitdem. Der Tag, an dem Sie beinahe ums Leben gekommen wären. Ich habe der Chronik ein bißchen vorausgegriffen, aber wenn ich es nicht notiere, wer dann? Es wird einmal ein wunderbares Buch geben, Fräulein Jo, und diese letzten, spannenden Kapitel verdanke ich Ihnen.«

Jo betrachtete sein gerötetes Gesicht. Es war das Gesicht eines bis zum Wahnsinn Leidenschaftlichen. Er hatte womöglich die ganze Zeit die Augen zugemacht, um seine Ruhe zu haben.

Georg hatte zwei Gläser Rotwein bestellt.

»Auf den Zufall«, sagte Jo. Sie stießen mit den Gläsern an.

»Frau Kuleska tut mir leid. Sie hat sich selbst am meisten betrogen.«

»Wenn du nicht gewesen wärst, wäre ihr Plan aufgegangen. Groots Tod hätte durchaus ein Unfall sein können. Und sie hat den Zeitpunkt so gewählt, daß es andere Motive gab. Von Lisa wußte sie genau, daß Groot in Schwierigkeiten steckte.«

»Ein fast perfekter Plan«, sagte Jo.

»Zu perfekt.« Georg klang, als meine er nicht nur den Fall. Unvermittelt sagte er: »Du kannst Nähe schwer ertragen, stimmt's? Ich werde an dich denken, wenn du fort bist. Wir haben Ende Mai, bis Oktober werde ich hierbleiben. Dann kommen die Vögel, die jetzt in den Norden fliegen, wieder zurück.«

Er wirkte ruhig, wie er so dasaß und redete. Vielleicht stimmte, was er über sie sagte. Ich bin wohl ein Zugvogel, dachte Jo.

Für das kommende akademische Jahr hatte sie noch den Vertrag, aber zum Herbst schon mußte sie Bewerbungen schreiben fürs nächste Jahr, zwischen Weihnachten und Neujahr die elenden Interviews über sich ergehen lassen, Antrittsvorlesungen vorbereiten. Es könnte noch Jahre dauern, bis endlich eine feste Stelle in Sicht war. Bis dahin – Umzüge, Veröffentlichungen, Abbrechen der eben erst entstandenen Beziehungen. Und was war mit Ralph...

»Mir ist alles nah, was mit großen Entfernungen zu tun hat«, sagte sie schließlich. »Anders läßt es sich für mich wohl nicht aushalten in diesem Leben.«

Jetzt hob Georg sein Glas. »Auf den Zufall, der alles verändert.«

Jo war nachdenklich. »Und auf die Leidenschaft.« Sie trank ihr Glas in einem Zug aus.

Als sie aus der Kneipe traten, sagte Georg: »Mach's gut, Jo. Ich möchte noch mit dieser Tide zurück nach Scharhörn. Meine Vögel warten auf mich.« Sie umarmten sich stumm. Dann gingen beide in entgegengesetzte Richtungen davon. Georg sehr schnell und ohne sich umzusehen, Jo langsam und immer wieder anhaltend, um ihm nachzublicken.

In alter Gewohnheit lief sie am Deich entlang zum Zeltplatz, obwohl sie schon alles abgeräumt und sich von den Pensionswirten verabschiedet hatte, die so hilfsbereit gewesen waren. Als sie auf der Höhe des Kinderheims war, sah sie hinter der großen

Scheibe Olaf im Rollstuhl sitzen. Ihr wurde bewußt, daß sie seinetwegen noch einmal zurückgekehrt war.

Sie lief die Treppe den Deich hinunter und klingelte. Olaf machte ihr auf.

»Ist keiner da?« fragte Jo. Das Haus wirkte seltsam ruhig, weder die Kinder noch Sanftlebens waren zu sehen.

»Sie sind heute vormittag alle abgereist. Ich wollte auf dich warten«, sagte er mit einer Stimme, deren Klarheit Jo überraschte.

Sie war plötzlich verlegen und wußte auf einmal nicht mehr, was sie sagen sollte.

»Kommst du rein?« fragte Olaf. Sie betrat das große Zimmer, und er schloß die Tür.

Er wies auf einen Sessel in der Ecke. Jo setzte sich, dann fuhr er seinen Rollstuhl dicht neben sie.

»Ich habe Frau Sanftleben gebeten, mich noch hierzulassen«, sagte Olaf. »Ich wußte, du würdest noch einmal kommen.«

Jo erwiderte nichts.

Sie spürte an ihrem Ellenbogen ganz leicht die Berührung seines Arms, der auf der Lehne lag. Sie hatte das Gefühl, ihr ganzer Körper sammle sich an dieser winzigen Stelle. Eine Spannung befiel sie, wie sie sie selten verspürt hatte. Olaf wagte nicht, sie anzusehen.

Nach einer kleinen Ewigkeit drehte er ihr sein Gesicht zu, zugleich tasteten seine Finger nach ihrer Hand. Jo erwiderte seinen Blick. Ihre Hände hielten sich fest.

»Jo«, flüsterte Olaf, und sie näherte ihr Gesicht seinem. Schließlich berührten sich ihre Stirnen. »Olaf«, erwiderte sie. Ihre Lippen trafen sich einen winzigen Augenblick lang. Ein Kuß, so leicht, daß er fast unwirklich schien. Dann war es vorbei.

Olaf lehnte sich lächelnd in seinen Stuhl zurück. »Soll ich dich jetzt zur Tür bringen?«

Jo nickte. Sie hatte ihre Sprache noch nicht wiedergefunden.

»Ich werde nachher abgeholt.«

»Wohin?«

Olaf strahlte. »Ich werde ab jetzt eine richtige Schule besuchen.«

»Ach, Olaf.« Jo umarmte ihn. »Ich freu mich so für dich.«

Möbius wartete bereits auf sie, in wetterfestes Ölzeug gehüllt. Er hatte ihr Zelt und den Rucksack verstaut, sein schwarzer Hund lag diesmal auf der Rückbank und ließ Jo Platz. Unten am Wagen stand, in ihr Regencape gehüllt, kläffend Lila, die ihrem größeren Verwandten offensichtlich die Fahrt mißgönnte.

Jo stieg auf den Wagen auf. Möbius schwang seine Peitsche, und die Ackergäule setzten sich in Bewegung.

Wie hatte sie sich noch ihren Aufenthalt von Virginia aus vorgestellt? Friedlich, einsam, nur von der Natur bestimmt. Vorstellung und Wirklichkeit, dachte sie. Zu Hause am Schreibtisch wäre die Insel mir romantisch vorgekommen.

Sie breitete eine Decke über den Schoß, zog ihre Kapuze tiefer ins Gesicht und stellte sich auf eine Stunde Schweigen ein. Es war ihr recht.

Die Wolken hingen tief herab, das Wetter war so diesig wie am Tag ihrer Ankunft. Vom Festland war nichts zu sehen. Sie drehte sich um, die Insel noch einmal in Augenschein zu nehmen. Sie war fast verschwunden im Dunst. Nur die Silhouette des Turms war noch schemenhaft in dem nebligen Grau zu sehen – wie seit siebenhundert Jahren.

24

»Well – tell me everything about it.« Oz steht in der Küche, die Schürze umgebunden, mit Bergen von Gemüse vor sich. Jo sitzt am Küchentisch, ein Glas Wein in der Hand und eine Schüssel mit marinierten Artischockenherzen vor sich, und sieht zu.

»Kannst du dir vorstellen, daß ein goldenes Fußkettchen mit einer winzigen Jakobsmuschel eine ganze Insel in Atem hält?«

Oscar legt kleine Vierecke auf dem Tisch aus und füllt die

Won-tons mit Krebsfleisch, Schalotten und Ingwer. Er zieht die Augenbrauen hoch, schmeckt ab und schnalzt mit der Zunge.

»Zuerst sehe ich den Schmuck an einer Frau neben mir an Bord des Schiffes. Kurz darauf sehe ich, wie jemand von der Insel das Goldkettchen dem heiligen Jacobus in einer Kirche als Opfergabe bringt. Am Schluß wird mir klar, daß nicht nur eine Jakobsmuschel daran hängt, sondern ein Mord.«

»That sounds pretty wild. Wie bist du darauf gekommen?«

»Nun, mein Gefühl sagte mir – viel zu spät und nach vielen Irrtümern: Hinter allem steckt eine Frau.«

Oscar wirft ihr einen Blick zu und rollt die Augen, als wolle er sagen: Natürlich. Wer sonst. Er schneidet Zwiebeln in Viertel, der beißende Saft treibt beiden die Tränen in die Augen.

»Eine Frau, die unglücklich verliebt ist, eifersüchtig bis zum Wahnsinn und fanatisch. Sie kam mir von Anfang an merkwürdig vor. Einerseits war sie die charismatische Labadistenpredigerin, andererseits kleinbürgerlich bis zur Spießigkeit.« Sie macht eine Pause. Oscar putzt sich geräuschvoll die Nase. »Excuse me. Die Zwiebeln.«

»Vielleicht braucht man als Sektenführer eine solche Kombination«, räsonniert Jo. »Naivität, Ausstrahlung und blinde Energie.«

Oz trinkt einen Schluck Wein und beginnt, die violetten Schalen von den Knoblauchzehen zu ziehen. Ingwer und Szechuanpfeffer, der in der Pfanne röstet, duften in der Küche.

»Wieder mal ein Fall, wo jemand den Geliebten beseitigt, um ihn für sich zu behalten. So widersprüchlich ist Eifersucht.«

Sie fängt einen amüsierten Blick von Oz auf, während sie sich Wein nachschenkt. Das Glas beschlägt von der Kälte, so wie sie es liebt. Auch Oscar hält ihr sein Glas hin.

»Die erste Flasche ist leer.«

»Ich hab noch zwei im Kühlschrank«, sagt Oz. »Ich wußte ja, daß du kommst.« Er beginnt, Rindfleisch in hauchdünne Scheiben zu schneiden. »Und diese ganze Sagengeschichte?«

»Es gehörte zu ihrem besonderen Wahnsinn, sich perfekt in die Rolle des Grauen Manns zu begeben. Ich habe sie gesehen, an der Hütte des Vogelwärters. Sie brauchte wohl die Legende, an die sie selbst geglaubt hat, um ihre Schuldgefühle auszuschalten.«

»Rache für die Untreue des Geliebten?«

»Das ist nur die eine Seite.«

»My goodness«, seufzt Oscar und beißt in eine Jalapeno-Schote.

»Nicht zufällig starb Groot auf dieselbe Weise wie ihr Vater. Langsames Ertrinken – einen grausameren Tod kann ich mir nicht vorstellen. Es hat etwas von einer Séance an sich. Groot als Medium, durch das sie mit ihrem Vater in Verbindung tritt.«

»Du meinst, sie hat den Tod des Vaters durch die Wiederholung noch einmal heraufbeschworen?«

»Aber nicht nur den Tod. Die ganze Situation. Sie hat den Tod des Vaters damals, als sie dreizehn war, als Untreue empfunden. Also war es nur logisch, daß sie die Untreue ihres Liebhabers entsprechend bestrafte.«

Das Klacken des Messers auf dem Holzbrett hört für einen Augenblick auf. »Hast du vorhin Vogelwärter gesagt? Es heißt Vogelwart, meine Liebe.«

Jo zieht es vor, weiterzuerzählen. »Ihr Mann hat ihr mit der Chronik die Idee und das Vorbild geliefert. Alles wäre so perfekt abgelaufen wie im Mittelalter, wenn wir nicht einen Zeugen gehabt hätten, von dem sie glaubte, er wäre geisteskrank und ohnehin fast stumm.«

Oz nimmt eine Kette mit selbstaufgefädelten roten Pfefferschoten von der Wand und knipst eine Handvoll ab.

»You do like it hot, don't you?«

Jo verzieht das Gesicht. Sie weiß, worauf er hinauswill.

»Was ist mit den anderen Männern auf der Insel?« fragt er. Also sind sie beim Thema gelandet.

»Nothing worth mentioning«, gibt sie gleichgültig zurück. Oz ist zu neugierig. Immer will er darauf hinaus, daß sie doch so gut zusammenpassen und warum sie ihn nicht endlich heiratet. Jetzt tue ich Georg unrecht, denkt Jo. Und Olaf.

»Kein fling mit dem Grauen Mann?«

Sie lacht. Das Wort »fling« für ein kleines Abenteuer hatte sie ihm beigebracht. Er hatte es fest in seinen Sprachschatz übernommen.

Er gießt Erdnußöl in den Wok und trinkt hastig einen Schluck Wein aus dem Glas.

»Du sagst: wir. Von wem war die Rede? Von diesem verdammten Vogelwart?«

»Er heißt Georg und ist sehr nett.«

»Also doch ein fling. O Jo. Du bist unverbesserlich. Du verteilst deine Gunst immer an die Falschen.«

Oz ist fast fertig. Das blanke Messer liegt auf dem Tisch, überall stehen Schälchen mit geschnitzelten Gemüsen und Soßen. Jo tippt ihren Finger in eines. Es schmeckt sauer-scharf.

»Und wie ist das alles ausgegangen?«

»Die Frauen wurden verhaftet. Herr Kuleska lebt sowieso in der Vergangenheit. Marcel wird untersucht. Höchstwahrscheinlich ein schwerer Fall von Schizophasie. Mich hat der Inspektor gebeten, noch erreichbar zu bleiben. Und ich werde die Gelegenheit nützen und ein wenig in der Deutschen Bibliothek in Frankfurt arbeiten.«

Oz hat sich eine Schürze umgebunden und probiert, ob das Fett heiß genug ist. »I have to concentrate now. Mach uns Musik.«

Jo geht aus der großen, hellen Küche ins Wohnzimmer. Oscars Einrichtung gefällt ihr. Als gutverdienender Junggeselle hat er von seinen vielen Reisen durch Europa, Japan und Amerika Andenken mitgebracht, die nicht in jedem x-beliebigen Souvenirshop zu finden sind. Mit Leidenschaft sammelt er Spielzeug aus aller Welt. Eine Holzmaske aus Mexiko in der Form eines Fischs, eine kleine bemalte Schilfdose. Sie öffnet sie. Winzige Puppen liegen darin.

»Worry dolls aus Guatemala«, ruft Oz ihr durch die Tür zu. »Wenn Kinder Sorgen haben, erzählen sie abends der Puppe davon, laden sie dort ab und können besser schlafen.«

Sie muß plötzlich an Ralphs kleine Tochter Louisa denken. Als sie im letzten Sommer bei ihnen war, konnte sie manchmal nicht einschlafen. Ralph hatte ihr dann Märchen erzählt; am liebsten hatte sie das vom Sterntaler.

Morgen kommt er aus Tallahassee zurück, denkt sie. Ich werde ihn gleich morgen früh anrufen.

Sie seufzt unwillkürlich. Oscar hat es gehört.

»Das klingt, als hättest du zu viele Artischockenherzen gegessen. Herzen zu verzehren mag ja deine Spezialität sein, aber laß noch etwas Platz fürs Hauptgericht.«

»Kann ich mal telefonieren, Oz?«

Sie wählt die Nummer der Pension auf der Insel. Nach ein paar Klingelsignalen hört sie die Stimme von Frau Fiss:

»Wir haben die Nase voll von dem schlechten Wetter. Wir haben die Insel gewechselt. Besuchen Sie uns auf Madeira.« Dann das Klacken eines Anrufbeantworters. Jo läßt den Hörer sinken. Schon jetzt hat sie Heimweh nach dem Land des ewigen November.

»Du kannst den Tisch decken«, ruft Oscar aus der Küche.

Sie legt chinesische Schüsselchen und Löffel hin, der Bambusbehälter mit Stäbchen steht wie immer auf dem Tisch. Oscar bringt einen Teller mit Pot-stickers.

»Crabmeat«, sagt er und zündet eine Kerze an.

Sie setzen sich. Es ist plötzlich wieder wie in alten Zeiten. In Amerika hatten sie an vielen Abenden zusammen gekocht.

»Willst du immer noch etwas über die Labadisten wissen? Alles, was in unseren Tagen noch von ihnen übriggeblieben ist, sind ein paar Wörter im Holländischen. Und die *Eukleria* der von Schurmann, die bedeutendste Schrift der Gruppe, die von Leibniz und vielen ihrer Zeit geschätzt wurde. Vor allem wegen ihres schönen eleganten Lateins. Sonst ist alles verschwunden.«

Eine Weile kauen sie schweigend. Dann fragt er:

»Und wie geht's so im German Department?«

Jo erzählt von den gemeinsamen Kollegen, wer in diesem Jahr welches Stipendium bekommen hat, wer was veröffentlicht hat.

»Die alte Devise vom ›publish or perish‹«, sagt sie. »Wie weit ist dein Buch?«

»Beinah fertig.« Er strahlt.

»Ich gratuliere.«

»Und du? Wann kann man etwas über den Grauen Mann lesen?«

Jo lacht. »Ich hoffe, bald. Notizen hab ich mehr als genug.«

»Dann trinken wir darauf«, sagt Oscar und hebt sein Glas. »Auf den Grauen Mann.«

Kriminalromane

Sue Grafton
Detektivin, Anfang 30, sucht Aufträge
Band 10208
G wie Galgenfrist
Band 10136
Sie kannte ihn flüchtig
Band 8386

Ingrid Hahnfeld
Schwarze Narren
Band 11076

Christa Hein
Quicksand
Band 11938

Janet LaPierre
Grausame Mutter
Band 11032
Kinderspiele
Band 11373

Doris Lerche
der lover
Von Männern, Mord und Müsli
Band 10517

Maureen Moore
Mit gemischten Gefühlen
Band 10289

Marcia Muller
Dieser Sonntag hat's in sich
Band 10908
Letzte Instanz
Band 11649
Mord ohne Leiche
Band 10890
Niemandsland
Band 10912
Tote Pracht
Band 10913

Meg O'Brien
Heute hier, morgen tot
Band 11784
Lachs in der Suppe
Band 11139
Lauter Ehrenmänner
Band 10975

Lillian O'Donnell
Hochzeitsreise in den Tod
Band 10889

Maria A. Oliver
Drei Männer
Band 10402
Miese Kerle
Band 10868

Annette Roome
Karriere mit Schuß
Band 10875

Fischer Taschenbuch Verlag

fi 507 / 6 b